麦克米伦世纪童书

麦克米伦世纪　全称北京麦克米伦世纪咨询服务有限公司，由全球知名国际性出版机构麦克米伦出版集团和二十一世纪出版社集团共同注资成立。

北京麦克米伦世纪咨询服务有限公司
北京市朝阳区光华路 SOHO2B 座 1206
邮编：100020　　电话：17200314824
新浪官方微博：@麦克米伦世纪出版

印第安人的麂皮靴

[美] 莎伦·克里奇 著
吕良忠 译

二十一世纪出版社集团
21st Century Publishing Group

目 录

不要急于评判他人，

除非你已穿上他的鹿皮靴走过两个月亮。

1

窗户里的脸庞

爷爷说，我就是一个不折不扣的乡下女孩。他说得没错。十三岁以前，我绝大多数时间都在肯塔基州的河岸镇生活。那是俄亥俄河岸边的一片葱绿地带，除了一些房屋坐落其间，几乎没有其他东西。就在一年多以前，爸爸把我像株野草似的连根拔起，带上我和我们的所有财物（这么说也不对，那里的栗树、柳树、枫树、干草棚、戏水池，还有别的属于我的东西，爸爸都没能带走），开车向北方走了三百英里，来到俄亥俄州欧几里德市的一座房屋前面，才把车停了下来。

"那些树在哪儿？"我问，"这就是我们要待的地方吗？"

"不是。"爸爸说，"这是玛格丽特家。"

房屋的前门开了，顶着一头大红头发的玛格丽特女士站在门边。我前前后后打量这条街道：建筑全都密密麻麻地挤在一起，仿佛是一排鸡窝。每座建筑前面都有一小块草地，草地前面是一条长长的混凝土人行道，沿着同样用混凝土铺成的街道伸向远方。

"牲口棚在哪儿？"我问，"河又在哪儿？还有游泳池呢？"

“噢，莎尔，”爸爸说，“你过来。那是玛格丽特。”他向站在门边的女士挥手。

“我们得回去，”我说，“我有东西忘记带了。”

门开大了一些，满头乱蓬蓬红发的女士走出来，站到了前廊上。

“我得再回趟家，”我对爸爸说，“我在壁橱背后的地板下面放了些东西，我必须回去拿。”

“别傻了，”他说，“过来见玛格丽特。”

我可没心情见玛格丽特，于是就站在原地东张西望。就在这时，我看见了隔壁楼上那张紧贴着窗户的脸庞。那是一张女孩子的圆脸，看上去怯生生的。我那时还不知道，这是菲比·温特博特姆的脸；我也想不到，这个拥有超强想象力的女孩，后来竟成了我的密友，更想不到她将要遭遇的那些奇闻怪事了。

不久前，我和爷爷奶奶经历了一次长达六天的长途旅行。在封闭的汽车里，我给他们讲了菲比的故事。当我讲完的时候——也可能是在讲故事的过程中——我意识到，菲比的故事，很像我肯塔基州河岸镇家里的那面灰泥墙。

在四月的一天早上，妈妈离开了我们。此后不久，爸爸开始敲击家里客厅的灰泥墙。我们的房屋原是一处旧农舍，爸爸妈妈这些年总是在逐间地整修。每到晚上，在等待妈妈消息的时候，爸爸就会去敲击那面墙。

一天晚上，我们得到了不幸的消息：妈妈不会回来了。当晚，爸爸用凿子和锤子重重地敲击墙体。夜里两点，他来到我房间时，我还没有入睡。他带我下楼去看他的发现：

在灰泥墙后面,还暗藏着一个砖砌的壁炉。

菲比的故事之所以让我想起灰泥墙和墙后面隐藏的壁炉,是因为在她的故事背后,还暗藏着另一个故事,而那个故事的主角,正是我和妈妈。

“小亲亲”开始讲故事

在菲比的所有故事发生后，爷爷奶奶提出一个计划：他们打算开车从肯塔基州出发，先到俄亥俄州捎上我，然后我们仨再向西驱车两千英里，去往爱达荷州的路易斯顿市。就这样，我和他们一起在封闭的汽车里车度过了将近一个星期。我对这次旅行原本没有什么热情，只不过是从命罢了。

爷爷说：“我们一路上正好领略一下这个响当当的国家！”

奶奶捏捏我的脸，说：“这趟旅行让我又有机会和我最疼爱的小亲亲在一起喽！”顺带说一下，我可是他们独一无二的“小亲亲”啊。

爸爸说，奶奶看不懂那些很有价值的地图。我答应和爷爷奶奶同行，帮他们认路，这让爸爸很高兴。我那时十三岁了，尽管看地图对我来说只是小菜一碟，但能用上这点小本领并不是我旅行的真正动力；我也不像爷爷奶奶那样，只是为了去“领略这个响当当的国家”。真正的原因，隐藏在那山重水复、尚未揭晓的故事背后。

下面这些才算得上是一些真正的原因：

1. 妈妈在爱达荷州路易斯顿市静养，爷爷奶奶想去看她。

2. 爷爷奶奶知道，我也想见妈妈，但又不敢去。

3. 爸爸想和满头红发的玛格丽特·卡达芙独处。爸爸已经去看过妈妈，但没有带上我。

还有——尽管这一点不那么重要——我想，如果没有我的陪伴，爸爸不相信爷爷奶奶这一路上会循规蹈矩。爸爸说，假如他们我行我素的话，为了节约大家的时间，省得难堪，他会报警，这样爷爷奶奶甚至还没来得及逃离公路就会被抓。作为儿子，竟然让警察抓捕自己年老体衰的父母，这听起来确实有点过分。不过，爷爷奶奶只要一坐进汽车，麻烦事就会像小马驹紧跟着母马那样形影不离。

希德祖父母满脑子都是些与人为善、温和亲切的念头，这些善良、亲切里同时又混入了他们鲜明的个性特征。因此，你会发现他们很有趣，但你永远无法预测他们将会做出什么奇事、说出什么怪话。

自从我们仨定下来要走，忙乱和越来越紧迫的气氛就像一片巨大的乌云笼罩着我。我们离开前的一个星期里，风声听起来都像在说“快点，快点，快点”；到了夜里，连静谧的黑暗仿佛也在轻声催我“赶紧，赶紧，赶紧”。我感觉我们不会离开，而且我也还不想离开。我从没真正指望能善始善终地完成这次旅行。

但我既然已决定要去，我就会去，而且必须赶在妈妈生日之前到达。这一点非常重要。我坚信，如果还存在一线找回妈妈的希望，那也只能是在她生日那天。假如我向爸爸或爷爷奶奶大声说出我的心愿，他们一定会说我是缘木求鱼，所以我没有大声宣扬，但却满怀信心。我有时像头老驴一样倔强、爱发脾气。爸爸常说，我头脑里装满了这些根本靠不住的东西，迟早会摔个嘴啃泥。

爷爷奶奶和我出发的日子终于到了。旅程第一天，刚上路，我就手握七个幸运符，祈祷了足足半个小时。我祈祷我们不要遭遇车祸（我特别害怕小汽车和大客车）；祈祷我们能在七天后妈妈生日之前到达，然后成功地带她回家。我为同样的愿望祈祷了一遍又一遍。我向路边的树木祈祷，这比直接向上帝祈祷要容易——因为相隔不远，总会有一棵树出现在眼前。

我们已驶入俄亥俄高速公路——在上帝的所有杰作当中，这应该算是最宽敞笔直的一条路了。这时，奶奶打断了我的祈祷："莎拉曼卡——"

我应该赶快解释一下：我的真名叫莎拉曼卡·特里·希德。我父母认为，"莎拉曼卡"代表我曾曾祖母所属的印第安部落的族名。其实是他们弄错了，那个部落应该叫"塞涅卡"。但直到我呱呱坠地后爸爸妈妈才发现这个错误，而那时他们早已习惯了我的名字，于是我就继续叫"莎拉曼卡"。

我的中名叫"特里[①]"，意思是"树木"。对于妈妈来说，树是多么富有美感的植物啊，所以"特里"成了我名字的一

① 英文 tree 的音译。

部分。她自己的名字里已含有“苏格·曼普[①]”,为了更明确,她本想用她情有独钟的“苏格·曼普·特里”为我命名,但“莎拉曼卡·苏格·曼普·特里·希德”听起来有点过长了,只好作罢。

妈妈习惯叫我莎拉曼卡。她离开以后,只有爷爷奶奶这样叫我(除了叫我“小亲亲”以外),其他大多数人叫我“莎尔”,还有几个自以为特别风趣的男生叫我“莎拉曼德”[②]。

我们踏上了前往爱达荷州路易斯顿市的漫漫长路。坐在车里,希德奶奶提议:“莎拉曼卡,你为什么不给我们找点乐子呢?”

“你们心里又在盘算什么呀?”但愿不是指望我玩一些令人难堪的把戏,比如爬上车顶唱个歌什么的。和爷爷奶奶在一起,这可没准儿。

没料到爷爷说:“讲个故事怎么样?哪怕胡编一个也行。”

我确实知道一大堆故事,但大多数都是从爷爷那儿听来的。奶奶建议我讲一个关于我妈妈的故事,但我还做不到。我才刚刚不再每天每分钟都想着她,我还没准备好——或者,至少我认为自己还没有准备好——去谈论她。

爷爷说:“那好吧。你的朋友们怎么样?讲讲他们的故事,好吗?”

---

① “苏格·曼普”音译自英文“Sugar Maple”,Sugar的意思是“糖”,Maple的意思是“枫树”。

② 英文salamander的音译,指一种蜥蜴。

我脑海里立即浮现出菲比·温特博特姆。关于她,我确实有一肚子话可讲。“我会给你们讲一个超级稀奇古怪的故事哟。”我提醒他们。

“噢,行啊!”奶奶说,“真是太棒啦!”

就这样,我向树木所做的祈祷戛然而止。我给爷爷奶奶讲了菲比·温特博特姆的故事,讲到她的母亲,还有那个疯子。正是在讲述的过程中,我才发现,在菲比的故事里面,还隐藏着另外一个故事。

3

勇敢

我初见菲比是在我和爸爸刚搬到欧几里德市那天，所以菲比的故事，得从我们拜访红头发的玛格丽特·卡达芙家说起。在那里，我还见到了玛格丽特年老的母亲帕特里奇太太。玛格丽特有点急于讨好我。“头发多可爱呀！”她说，“你可真温柔！”事实上，那天我一点也不温柔，脾气还相当坏。我不肯坐下，也不肯正眼看她。

在我们就要离开的时候，我听到玛格丽特小声对我爸爸说：“约翰，你跟她讲过我们是怎么相遇的吗？”

爸爸看上去非常不安。“还没有，”他说，“我试过要告诉她，可她不想知道。”

他说得一点没错。谁在乎呢？我想。谁在乎他是怎么遇见玛格丽特·卡达芙的呢？

站在门廊上，透过隔壁房子的窗户，我看见了菲比的脸。那时，我迫不及待地想去我们的新家。我梦想的新家应该远离城市，坐落在绿油油的乡间。最终，我们总算离开了卡达芙夫人和帕特里奇太太，开车走了大约三分钟，来到离玛格丽特·卡达芙家不过两个街区的地方，就到了爸爸和我将要栖身的处所。

假如有人蒙住我的双眼，让我转上几圈，再开车带我兜上一个小时，然后取下我的眼罩，我会误以为自己还在玛格丽特家。树木十分低矮，小小的“鸡窝”连成一排——其中有一间是我们的。没有戏水池，没有牲口棚，没有鸡，也没有猪。只有一所小小的白色房子，前面是一片袖珍草地，长出的青草还不够一头奶牛吃五分钟的呢。

“我们来参观一下。”爸爸的语气有些过于热情。

我们穿过小小的客厅，来到迷你厨房，又上楼看了爸爸的袖珍卧室和我的便携闺房，然后进了巴掌大的卫生间。我从楼上的窗户向下看，只见后院一半是水泥地，另一半又是一小片草地，够我想象中的奶牛吃上两大口的。院子四周是高高的木栅栏，左右两边又是同样用栅栏围起来的地块。

我们坐在房子前面的台阶上等货车过来。车到了，我们看着人们把从河岸镇运来的家具塞满了“鸡窝”。等他们忙完，爸爸和我举步维艰地挤进客厅，爬过沙发、椅子、桌子和成堆的箱子。

“嗯，”爸爸说，“嗯，这样子就像是要把所有的牲口都赶进鸡窝。”

过了三天，我开始上学，再次见到菲比。她和我成了同班同学。新学校的同学讲话语速很快、嗓音很尖，一律穿着呆板的新校服。女生的发型是清一色的齐肩“波波头”（她们就是这么叫的），但刘海却很长。为了不让刘海挡住眼睛，她们只好不停地甩头。这个动作和我以前养过的一匹小马如出一辙。

每个人都不停地碰我的头发。“你从来不剪它吗？”他们问，“你能坐在自己的头发上吗？你怎么洗头？你的头发天生就这么乌黑发亮吗？你用不用护发素？”我搞不懂，他们是真的对我的头发感兴趣呢，还是认为我看上去就像一个怪物。

他们每个人都像戴着牙箍，都爱叽叽喳喳说个不停。有个女孩叫玛丽·卢·芬尼，喜欢说一些超级奇怪的话。比如，她会突如其来地说“万能”“牛肉脑子”，让人一头雾水。有一对日本孪生兄妹只会说“是的，是的”和“是啊，是啊”，此外再不会说别的话。还有像干豆子一样上蹿下跳的梅甘和克里丝蒂，闷闷不乐的贝丝·安，粉红脸颊的亚历克斯。还有成天画卡通的本，以及最奇特的伯克威老师。

然后就是菲比·温特博特姆。本叫她“自由蜜蜂冰屁股”[①]，还作了一幅卡通画，上面一只大黄蜂，尾巴底下是一方冰块。这幅画被菲比撕掉了。

菲比是个文静的女生，大多数时间都自己待着，看上去很腼腆。她有一张特别可爱的脸庞和一双很大的天蓝色眼睛，可爱的圆脸周围满是卷发，头发的颜色是乌鸦脚上的那种明黄色。

第一个星期，我和爸爸到玛格丽特家吃过三顿晚餐。我又有两次透过隔壁房间的窗户看见了菲比的脸。有一次，我还冲她挥了挥手，但她似乎没有察觉，到学校也没有

---

① 菲比·温特博特姆的名字是“Phoebe Winterbottom”，本取谐音，叫她“Free-bee Ice Bottom”，意思是“自由蜜蜂冰屁股”。

说她看到过我。

后来有一天午餐时，她静静地溜到我旁边的座位，对我说："莎尔，你真有胆量。你真的很勇敢。"

说实话，我很吃惊，因为你只消用一根鸡毛就可以把我打倒。"你说我吗？我并不勇敢。"我说。

"你很勇敢。你真的很勇敢。"

我不是这样。我，莎拉曼卡·特里·希德，也害怕许多许多事情。比如说，车祸、死亡、癌症、脑瘤、核战、孕妇、强噪音、严厉的老师、升降电梯，以及诸如此类的许多事物，都让我感到莫名的恐惧。但是，我不怕蜘蛛、蛇和黄蜂。而菲比和班上其他同学，都对这些动物敬而远之。

我上学头一天，就赶上一只威风八面的黑蜘蛛来"视查"我的课桌。我先用双手合拢成杯状把它罩住，再把它拎到打开的窗边，放到了窗台的外沿。玛丽·卢·芬尼说："阿尔法，哦米嘎，你们快看啊！"贝丝·安则吓得脸色惨白。从整个教室里大家的反应来看，我俨然成了单枪匹马一举战胜吐火猛龙的英雄。

接下来的一个星期，如果某只天真无邪的蜘蛛爬向哪位同学的课桌，他们所有人都会大喊："莎尔，抓住它！"一只黄蜂从窗口飞进来"侦查"教室，他们也会说："莎尔，有只黄蜂！抓住它！"有一次，一条花园里的小绿蛇沿着墙根的踢脚线潜行，吓得每个人都在尖叫："莎尔，一条蛇！噢，莎尔，捉住它！"

当我想方设法帮助这些形形色色的精灵们逃出教室回归旷野时，大家会喊："莎尔，杀了它！杀了它！"假如他们只是无意进错了别人的房间，却遭到主人一顿暴打的话，他们又当做何感想？我不知道。

我想，正因为我不害怕这些小精灵，所以大家就觉得我很勇敢。至于汽车、癌症、核战和所有这些事情带给我的感受，他们并不了解。而后来我又懂得，如果人们期待你勇敢，有时你就会假装勇敢，即使你已被吓得毛骨悚然。在参与到“菲比的疯子”这整个故事的过程中，我意识到了这一点。不过这是后来的事了。

故事讲到这里时，奶奶打断我说：“什么呀，莎拉曼卡，你当然很勇敢。希德家的人都勇敢，这是我们家族的特点。看看你爸爸——你妈妈——”

“可我妈妈不算真正的希德家人啊。”我说。

“其实她是的，”奶奶说，“嫁给希德家人那么多年，不可能还没变成希德家人。”

但是妈妈过去可不这么说。她会告诉爸爸：“你们希德家族对我来说就像是一个谜。我永远成不了真正的希德家人。”她这样说的时候，语气中并没有自豪感，反倒深感遗憾，仿佛这对她来说是一种缺陷和损失。

妈妈的父母——我的外祖父母——是皮克福德家族。他们与我的爷爷奶奶风格迥异，其差别不亚于驴和泡菜。外祖父母总是站姿笔直，脊梁好比钢打铁铸一样挺拔，身上的衣服总是浆洗熨烫得平平整整。当受了惊吓或感到惊讶时（这是常有的事），他们总是会说：“真的吗？真是这样吗？”说话时双目圆睁，嘴角直往下垂。

有一次，我问妈妈：“外公外婆为什么从不大笑？”妈妈说:“因为他们只知道忙着做优雅的人哪,那得全神贯注才成!”妈妈说完就大笑不止,不过她的笑仍是友好而温和的。她笑个不停,前仰后合,这时你会发现,她的脊梁也会弯曲,而不是像钢打铁铸般笔挺。

妈妈说,外婆嫁到皮克福德家以后,人生中仅有一次的反抗,是在为妈妈取名的时候。外婆自己名叫盖斐舌儿[①],她给妈妈取名叫善哈森。这是一个印第安名字,意思是“甜树汁”,换句话说就是“枫糖”。可是只有外婆会叫我妈妈的印第安名字,其他人都叫她“苏格”。

大多数时候,妈妈看起来一点都不像她的父母,这让我很难相信她竟然是外祖父母所生。只是偶尔——非常罕见地——在不期而遇的短暂瞬间,妈妈的嘴角也会下垂,也会说:“真的吗?真是这样吗?”这听起来与皮克福特家的人丝毫不差。

① 音译自英文Gayfeather,是生长于北美洲的一种鹿舌草。

4

“你听我说呀”

就在菲比午餐时坐在我旁边夸我“很勇敢”的那天，她邀请我到她家共进晚餐。

“好啊。”我说。说实话，因为不用再去玛格丽特家用餐，我感到很自在。我可不想看到爸爸和玛格丽特相对微笑的样子。我知道，玛格丽特和她的老母亲帕特里奇太太，都煞费苦心地想让我感觉到自己很受欢迎，但她们又有点怪异，让我始终感到忧伤，脾气也变得很坏。

我多么希望一切都还是原来的样子啊。我想回到肯塔基州河岸镇，回到山坡和树林中，与那些奶牛、鸡和猪为伴。我想从山上的牲口棚往下疯跑，穿过厨房，听见房门在我身后发出“砰”的一声巨响，然后看见爸爸妈妈正坐在桌边削苹果。

放学后，我和菲比一起步行回家。到我家时，我稍事停留，给还没有下班的爸爸打了电话。玛格丽特已经帮他找了一份推销农用机械的工作。那天我打电话时，爸爸说，知道我有了新朋友，他十分高兴，就像鱼儿得水一般。我想，他之所以感到高兴，可能是因为我有了新朋友，也可能是因为他可以和玛格丽特·卡达芙单独在一起了。

然后我和菲比走去她家。当我们经过玛格丽特·卡达芙家时，听到有人在喊："莎尔？莎尔？是你吗？"

菲比把手伸到嘴边说："噢！"

在门廊的阴影中，玛格丽特的母亲帕特里奇太太坐在柳条摇椅上。她膝盖上斜放着一根满是节疤的粗大拐杖，手柄雕刻成眼镜蛇的形状。她的紫色裙摆滑向瘦骨嶙峋、向两侧分开的膝盖上方，这样一来，衬裙就露了出来，我真替她感到难为情。她脖子上围着一条黄色的羽毛围巾。（"我的宝贝围脖，"有一次她告诉我，"这可是我最最中意的宝物了。"）

我走过去的时候，菲比拽住我的胳膊。"别去她那儿。"她说。

"那不过是帕特里奇太太，"我说，"没什么好紧张的。"

"谁和你在一起？"帕特里奇太太问，"她脸上是什么东西？"我知道她接下来会玩什么把戏，因为第一次见她时，我就已经领教过了。

菲比用双手抚摩着自己的圆脸。"是红豆吗？我中午吃了红豆沙拉。"

"过来。"帕特里奇太太说。她用弯曲瘦小的手指比画着招呼菲比。

菲比看着我，我把她推得更近一些。帕特里奇太太把手指伸到菲比脸上，转着圈儿轻柔地摩挲她的眼皮，然后往下移到脸颊上。最后她说："正好和我猜得一样：两只眼睛，一个鼻子，一张嘴。”说完，她顽皮地放声大笑，笑声听起来就像粗糙的岩石的回音。“你十三岁。”

“对。”菲比说。

“我知道，”帕特里奇太太说，“我就是知道。”她轻轻拍着那条羽毛围巾。

“这是菲比·温特博特姆，”我说，“她就住在您家隔壁。”

我们离开的时候，菲比小声说：“我真希望你没有那样说。我希望你没有告诉她我住在她家隔壁。”

“为什么不呢？你好像并不是很了解卡达芙夫人和帕特里奇太太——”

“她俩不久前刚搬来这儿，也就一个月左右吧。”

“她只摸了摸你就猜对了你的年龄，你不觉得很奇特吗？”

“我没觉得这有什么稀奇的。”菲比说。我刚要解释，她却开始向我讲她和爸爸妈妈、姐姐普鲁登丝去参观州级博览会的故事了。她说，他们走到一个摊位，见到很多人围着一个瘦高个子的男人。

“那男人在干什么？”我问。

“你听我说呀。”菲比说。有时菲比说话的方式听起来很像大人。当她说“你听我说呀”时，口吻就像大人在对孩子说话。“四周的人都在说‘噢’‘太神奇了’‘他怎么做到的’，他在玩猜年龄的把戏。他必须猜出你的实际年龄，误差不超过一岁，要不然就得输给你一只泰迪熊。”

“他用什么方法猜年龄？”我问。

“你听我说呀，”菲比说，“这个瘦高个的男人会仔细端详顾客，然后闭上眼睛，用食指指着这人，喊道：‘七十二！’”

“对每个人吗？他猜每个人都是七十二岁？”

“莎尔，”她说，“你听我说呀。我只是举个例子。他可能还会说‘十’，或者‘三十’，或者‘七十二’。这得看被猜的人多大。他太让人震惊了。”

我真的觉得帕特里奇太太更让人震惊，但我没有争辩。

菲比说，她爸爸想让那个瘦高个男人猜猜他的年龄。“我爸爸自认为看上去比实际年龄要年轻很多，所以他相信自己能捉弄那个男人。那人走上前来把我爸爸打量一番，闭上双眼，指着他大喊：‘五十二！’我爸爸惊讶得喊了出来。周围的人又开始情不自禁地赞叹‘噢’‘真神奇’，诸如此类，但我爸让他们别说了。”

“为什么？”

菲比开始拽自己的一缕黄发卷儿。我想她有点后悔了，希望自己压根儿没讲这个故事。“因为他离五十二岁实在差得太远。他只有三十八岁。”

“噢。”我说。

“然后一整天，爸爸都跟着我们逛展会，一路上搂着他得到的奖品：一只绿色的大个泰迪熊。他不断喃喃自语：‘五十二？五十二？天哪，我看上去像五十二吗？’”

“他像吗？”我问道。

菲比更使劲地拽她的发卷儿：“不，他看上去不像五十二，就像三十八。”她这完全是在护着她父亲。

菲比的母亲正在厨房里烤馅饼。我情不自禁地盯着台面上的两盒黑莓,看得出神。温特博特姆夫人说:“我在做黑莓派呢,希望你喜欢——有什么不对劲吗?真的,要是你不喜欢黑莓,我可以——”

“没有,”我说,“我非常喜欢黑莓。我想我只是有点过敏。”

“对黑莓过敏吗?”温特博特姆夫人问。

“噢,不,不是对黑莓过敏。”事实上我并没有过敏症。这些黑莓让我想起了妈妈,但我不想说出来。

温特博特姆夫人让我和菲比在厨房的桌子旁边坐下来。她端出一盘自家做的甜饼,让我们一边吃一边说说这一天的见闻。菲比就把帕特里奇太太猜出她年龄的事讲了一遍。

“她真的很了不起。”我说。

菲比说:“并没有多了不起,莎尔。我可不会用‘了不起’这个词来形容她。”

“可是,菲比,”我说,“帕特里奇太太眼睛看不见。”

菲比和她妈妈异口同声地问:“她看不见?”

随后菲比对我说:“帕特里奇太太双目失明,却能感觉到我;而我什么都能看见,却对她一无所知。你不觉得这很怪异吗?对了,说到怪异,关于卡达芙夫人还有些非常怪异的事情。”

“你是说玛格丽特?”我问。

“那是她的名字吗?玛格丽特·卡达芙?玛格丽特·卡达芙夫人?”

“是啊。”

“她真能把我吓个半死。”菲比说。

“为什么？”

“你听我说呀，”她说，“首先，你看她的姓——卡达芙。你知道‘卡达芙’是什么意思吗？”

我真的不知道。

“‘卡达芙’是‘死人’的意思[①]。”

“你确定吗？”我问。

“我当然确定，莎尔。你不信可以去查字典。你知道她靠什么为生——她做什么工作吗？”

“我知道。”我很乐意告诉她，我也很乐意多知道一点怪异的事。“她是护士。”

“对了，”菲比说，“你想要一个名叫‘死人’的护士吗？瞧她那头发！你不觉得她那满头乱蓬蓬的红发很像幽灵吗？还有她那嗓音，总是让我想起枯叶被风刮得满地打转的声音。”

这就是菲比的魔力。她的世界里没有平常人。人们要么是完美的——譬如她爸爸——要么，在更多情况下，他们或者是疯子，或者是连环杀手。不管什么事，她都能让我信服，特别是说到玛格丽特·卡达芙的时候。从那天起，玛格丽特·卡达芙的头发看上去果然很像幽灵，她的声音听起来确实很像枯叶。要是能为自己不喜欢玛格丽特找到一些理由，与她相处就会变得更加容易。当然，我可不想去喜

① “卡达芙”音译自英文 cadaver，意思是“死尸”。

欢她。

“你想不想听真正的秘密？”菲比问。（我当然想了。）“保证不告诉别人。”（我保证。）“也许我不该讲，”她说，“你爸爸老是去她那儿。你爸爸喜欢她，对吗？”

“是的。很可能吧。也许。”

“那我真不想说，”菲比用食指穿过卷发不停地缠绕，两只蓝色的大眼睛游移不定地掠过天花板，“她叫‘卡达芙夫人’，对吗？那你有没有想过，‘卡达芙’先生出了什么事？”

“我还真没想过——”

“好了，我想我明白了。”菲比说，“这是件很恐怖的事，超级恐怖。”

5

爷爷英雄救美

菲比的故事讲到这里时，奶奶说："我当年认识一个人，很像培比。"

"是菲比。"我说。

"是的，你说得对。我认识一个人，很像培比，但她叫格罗瑞娅。格罗瑞娅活在一个特别狂野的、风风火火的世界——真是一个可怕的世界，不过啊，可比我自己的世界刺激多了。"

爷爷说："我记得格罗瑞娅。就是她让你不要嫁给我，还说什么我会成为你的灾星。"

"嘘，嘘，"奶奶说，"至少这一点格罗瑞娅说得没错。"她用胳膊肘碰了碰爷爷，"再说了，格罗瑞娅这么说，只不过是因为她自己想嫁给你。"

"真讨厌！"爷爷说。他把车开进俄亥俄收费高速公路的休息区，停下来看地图。

"我觉得我们在这条道上不可能迷路，"我说，"这条道又长又直，横穿俄亥俄州。"我可不想停留。"加速，加速，加速。"风、天空、云朵，树木，好像都在齐声催促，"加速，加速，加速。”

假如只是想看看地图的话，这对爷爷来说不过是一件很安全、很快就能完成的小事。但爷爷奶奶特别容易招惹麻烦，就像西瓜总是招来苍蝇一样。

三年前，他们开车去佛罗里达，路上被警察拦了下来，因为他们身上只穿了内衣。“空调彻底瘫痪了，根本就不管用。”爷爷解释说。他们实在是热坏了。

两年前，他们开车去华盛顿特区，再次落到警察手里，这次是因为偷窃一位参议员的汽车后胎。“我们两个轮胎都漏气，快要散架了。”爷爷解释，“我们不过是借用一下参议员的后胎，用完了就还回来。”在肯塔基州的河岸镇，这样做没什么问题：你可以借走某人的后胎，用完再还回去。但在华盛顿可不行，更何况是对参议员的汽车下手。

去年爷爷奶奶开车去费城，途中又因为违反交规让警察截了。“你正在应急车道上行驶。”警察对爷爷说。爷爷狡辩：“你把这叫应急车道？我看这是一条辅道。你瞧，它是多么平坦！在肯塔基州，你可找不到这样平坦的应急车道。这简直称得上是相当完美的应急车道。”

言归正传。奔赴爱达荷州路易斯顿市的旅程才走了几个小时，我们就在休息区停下来，安安静静、踏踏实实却又匆匆忙忙地查看地图。这时，爷爷看见饮水处停了一辆汽车，一位女子倚靠在车的前保险杠上查看汽车的发动机。她手里抓着一条白手绢，轻轻地触碰机器里面那些油腻腻的零部件。

“抱歉，”爷爷自告奋勇地说，“我坚信我遇到了一位落难女子。”说完，他就奔过去实施救助了。

奶奶坐在那儿，一边轻拍膝盖一边唱着歌：

“噢，我在郁金香花园等你，
你快些儿过来，
趁郁金香花儿正在盛开……”

爷爷接替了那位女子，弯腰检查发动机。女子笑吟吟地站在爷爷身后，沾满黑色油污的白手绢在指尖随风飘扬。

“可能是化油器出了问题，”爷爷说，“也可能不是。”他敲了敲几根管线。“说不定是因为这些该死的蛇。”他说。

“噢，天哪，”女子说，“蛇？您是说发动机里面有蛇？”

爷爷来回拽了拽其中一根管线。“这就是我说的蛇。”他说。

“哦，我明白了，”女子说，“您认为是因为那些——那些蛇？是它们出了问题喽？”

“可能是吧。”爷爷说。他拽了拽另一根管线，管线松了。“看到那儿没有？”他说，“都掉下来了。”

“好吧，是的，可是您——”

“这些该死的蛇。”爷爷嘟囔道。他又拽掉了另一根管线。“你瞧那儿，”他说，“那条也掉了。”

那位女士好不容易挤出一丝淡淡的、不易觉察的苦笑。“可是——”

两个小时过去了，那些本来连接着各种零部件的管线纷纷就地解散。化油器已被拆得七零八落，发动机的各种其他零部件摊了一地。

女子走进了旁边的电话亭。爷爷还在把发动机上的东西往下拽。我躺在草地上向一棵糖枫树祈祷，并仿佛听到了它的回答："加速，加速，加速。"枫树的气味让我想起了河岸镇。奶奶还在唱她的郁金香。

我们离家已经六个小时，两千英里的路程目前只走了八十二英里。"保佑我们准时到达吧，"我祈祷，"但愿一路顺风顺水，然后接上妈妈一道回家。"

最后，发动机终于散架了。这时，那位女士总算叫来了一位技师。技师看了看地上所有的发动机零部件，问道："您有信用卡吗？"

"我有。"她回答。

爷爷掏出钱包说："如果你需要现金的话——"

"噢，谢谢您，"她说，"您真是太热心了，不过我自己能解决。谢谢您，为了，为了——"她环顾着散落一地的汽车零部件——"为了这一切。我想您也该赶路了。"

接下来，爷爷在确信这位技师还算老实可靠，而且很有把握修好女子的车之后，才带着我们再次上路。

"莎拉曼卡，"奶奶说，"接着给我们讲培比的故事。"

"是菲比，"我纠正她，"菲比·温特博特姆。"

"对，没错，"奶奶说，"就是培比。"

6

黑莓

“卡达芙先生遇到了什么恐怖的事？”爷爷问，“你还没告诉我们呢。”

我解释说，菲比刚要透露卡达芙先生那超级恐怖的遭遇，她爸爸就下班回家了，于是大家坐下吃饭。我们一共五个人：温特博特姆夫妇、菲比和姐姐普鲁登丝，还有我。

菲比的父母常常让我想起皮克福德外祖父母。温特博特姆夫妇与皮克福德家人有很多相似之处：说话轻言细语，句子简短，吃东西时坐姿挺拔。他们家人之间都非常客气，总是说：“是的，诺玛。”“是的，乔治。”“菲比，麻烦你把土豆递给我。”“你的客人还要再来一份吗？”

此外，他们对食物十分挑剔。他们吃的都是我爸爸称作“配菜”的食物：土豆啦，西葫芦啦，豆子沙拉啦，还有一道我叫不上名字的神秘炖菜。他们不吃肉，也不吃黄油，对胆固醇特别敏感。

据我所知，温特博特姆先生从事办公室工作，负责制作公路交通图。温特博特姆夫人负责烘烤食品、打扫卫生、洗熨衣服和采购物品。我有一种奇特的感觉：温特博特姆夫人实际上并不喜欢这些家务琐事。我说不清这种感觉从何而来,因为单是从她说话的用词来看,她俨然就是一位至关重要的主妇夫人。

比如,某个时刻温特博特姆夫人提到:“我上周做的馅饼,我自己都数不过来有多少。”她用的是一种欢快的声音。她说完了,一时大家都没吭声。看到大家对她费时费力做出的馅饼不置一词,她只好轻叹一声,低头去看自己的餐盘。

过了一小会儿,她又说:“乔治,我没找到你最喜欢的那种什锦麦片,但我买了另一种类似的。”

“啊?”温特博特姆先生说。

“我敢肯定,我买回来的和你想要的非常接近。”

温特博特姆先生继续吃饭。又一次冷场了。温特博特姆夫人轻叹一声,只好把目光又投向自己的餐盘。

后来她说,菲比和普鲁登丝已经开学了,所以她想重新回去工作。我颇有几分为她感到高兴。据说,在学期当中,她曾在罗基橡胶店做兼职店员。我想,能够走出家门,这对她将是一个不错的改变。但当她说要回去工作时,大家都没有接她的话茬。她又叹了口气,把自己的土豆拨弄到餐盘的一侧。

有几次,温特博特姆夫人把她丈夫叫作“甜心派”或者“甜面包”。她说:“你要再来点西葫芦吗,甜心派?”“我做的土豆够吃吗,甜面包?”

由于某种原因,她使用的这类昵称让我很惊讶。她穿着普通的褐色裙子和宽松上衣,脚上是朴素的宽松便鞋,脸上从来不化妆。即便如此,她仍有一张可爱的圆脸和黄色的长卷发。我对她的主要印象是：她已习惯过这种平平淡淡、波澜不惊的生活，永远不会做出什么惊世骇俗之举。

此外，我还有一个奇怪的印象：温特博特姆先生总在扮演父亲的角色，而且这个“父”字还是大写的。他独坐饭桌一端，衬衫袖口整齐地向上卷着，红蓝条领带仍然系在脖子上。整个用餐过程中，他的表情都十分严肃，说话声音低沉，字正腔圆。他低沉、清晰地说：“是的，诺玛。”“不是的，诺玛。”他看上去确实更像五十二岁，而不是三十八岁。不过，我并不希望他或菲比意识到这一点。

菲比的姐姐普鲁登丝很有些她母亲的风范。她年方十七，但言谈举止让人觉得她自己也像一位母亲。她规规矩矩地用餐，礼貌地点头，每说完一句话都会挤出一丝礼节性的浅笑。

他们表现得如此整洁而可敬。然而这一切又是多么奇怪啊。

晚餐接近尾声时，温特博特姆夫人端了些黑莓馅饼进来。尽管不如河岸镇的黑莓馅饼美味，我还是吃了一块。温特博特姆先生问菲比班上都有哪些同学。她开始逐个报出他们的姓名。当她说到玛丽·卢·芬尼时，温特博特姆先生问：“芬尼？芬尼？”他扭头问温特博特姆夫人：“诺玛，芬尼先生是不是总穿条蓝色牛仔裤，还总喜欢把一个橄榄球扔来扔去的？”

“对啊，乔治。”

他又问菲比：“玛丽·卢是不是那个总爱说‘万能’的女孩？”

菲比回答:“是的。”

温特博特姆夫人说:“我认为他们好像……很可能……不那么——我是说,他们很可能显得有点奇怪——”

温特博特姆先生说:“诺玛,我可不想对他们评头论足。”但他其实已经在评论了,这可瞒不了我。他这么说,表明他不喜欢芬尼一家。不过,也可能是出于嫉妒吧。

温特博特姆夫人轻叹一声,把自己的餐巾叠起来。我感觉到,她其实有话想说,但不必开口,她已断定没有人愿意听。

吃完饭,菲比陪我走到我家。路上她又说起卡达芙夫人。“单从外表你可能看不出来,卡达芙夫人强壮得像头牛。”

“你怎么知道的?”我问。

菲比看了看身后,似乎疑心有人会跟踪我们。“因为,”她说,“我见过她在后院砍树,然后拖走砍倒的树木,把后院收拾得干干净净。你知道我联想到什么吗?我想,也许就是她杀害了卡达芙先生,然后大卸八块,就地埋在了后院里。”

“菲比!”我叫道。

“好了,我不过是告诉你我的想法而已。就这些。”

那天夜里,我躺在床上时想到了卡达芙夫人。我倒宁可相信她会谋害亲夫,然后把他剁成碎块,埋葬在后院地下。

接着,我开始想念黑莓。想当初在河岸镇时,我几乎被黑莓惯坏了。我眼前浮现出一幅画面:夏天里,我和妈妈像过去那样，在田间地头一边走一边采摘黑莓。我们口袋里已经装得满满当当，但那些低处或高处藤条上的黑莓，我们一粒也没摘。妈妈说，低处的要留给野兔，高处的要留给鸟儿，只有中间与人一样高的果实才是给人的。

躺在床上回想那些黑莓的时候，我又想起一些别的事情。那是几年以前的一个早晨，妈妈睡到很晚。那时她已怀孕。我和爸爸都已吃完早饭，爸爸出门下地去了。在饭桌上的两只果汁杯里，爸爸各放了一朵小花——我座位这边的杯子里是一朵黑眼苏珊[1]，妈妈座位那边则是一朵白牵牛花。这肯定是爸爸一起床就去田野里采回来的。

妈妈起床来到厨房，立即发现了这两朵小花。“噢！”她叫道，“真漂亮！”她俯下身子，把脸庞贴近每一朵花儿。接着，她把视线投向窗外，说：“走，我们去找爸爸。”

我们越过小山，经过牲口棚，爬过铁丝网，穿过田地。爸爸远远站在田地的尽头，背对我们，两手叉腰凝视着一段栅栏。

看到爸爸后，妈妈放慢了脚步。我紧跟在她身后。她好像想蹑手蹑脚地走上去，给爸爸一个惊喜。于是我也轻轻悄悄地不弄出一点声响。可我又忍不住想哈哈大笑。偷偷地靠近爸爸似乎很冒险，我敢肯定妈妈会张开双臂拥抱爸爸，好让他知道，她是多么喜欢厨房餐桌上的花儿。妈妈总是喜爱自然而然地生长在户外的任何生物，比如蜥蜴、树木、奶牛、毛毛虫、鸟儿、野花、蚱蜢、蟋蟀、蟾蜍、蒲公英、

① 又名黑眼花、金光菊，以橘黄色花朵最为常见，因花心为黑色而得名。

蚂蚁、野猪，无一例外。

就在我们将要够到爸爸的时候，他可能还是听到了我们的动静，突然转过身来。由于对爸爸的意外反应猝不及防，妈妈停在原地，呆若木鸡。

“苏格——”爸爸呼唤妈妈。

妈妈张开了嘴。我心里想：“上前啊，拥抱他啊！告诉他！”

但是，她还没开口说话，爸爸就指着栅栏说：“你瞧瞧，我一早上尽忙着干这个了。”他说的是两根柱子之间新编成的铁丝网。他脸上、胳膊上都汗涔涔的。

然后我看见妈妈哭了。爸爸也看见了。“你这是怎么啦？”他问。

他朝妈妈走过来。妈妈说：“噢，你太好了，约翰。你太好了。你们希德家的人都太好了。我永远做不到这么好。我永远想不到这所有的事情——我永远不能做得像你这样——”

爸爸低头看着我。

“她是说那两朵花儿。”我提醒道。

“噢。”他说。他张开汗津津的双臂环抱着妈妈。妈妈仍然在哭。我真没料到事情会变成这样，没有快乐，只剩下忧伤。

第二天早上，我走进厨房，看见爸爸正站在餐桌边上看着两小盘黑莓——它们光彩夺目，上面还带着晨露，显得亮晶晶、水灵灵的——一盘是他自己的，另一盘是我的。

“谢谢你。”我说。

“不要谢我，不是我摘的。”他说，“是你妈妈摘的。”

就在这时，妈妈从后廊进了屋。爸爸张开胳膊拥吻了她。看见这超级浪漫的一幕，我正转身要走，却被妈妈抓住了胳膊。她拉我到身边，对我说——我认为她其实是想对爸爸说——“看见了吗？我差不多快赶上你爸那样好啦！”她这样说的时候，脸上浮现出一丝羞涩的微笑。而此时此刻，不知道为什么，我突然有一种被出卖的感觉。

在菲比家晚餐时尝过黑莓馅饼以后，我开始思考这所有的事。我是妈妈的一部分——她就是我，我就是她——这一点胜过我和爸爸的关系。所以，任何一件事，如果对她来说是真实的，那么对我也必定是真实的。正如妈妈所说：“我们娘俩差不多和你爸一样好。”我想说的是：“我们和爸爸一样好——甚至比他还要好。”不过，我为什么想这样说，我也说不清楚。我爱爸爸。

不过是吃了一块黑莓馅饼，竟然一下子联想到这么多事情，真是不可思议啊。

7

“伊拉没路”

“唔，瞧瞧这儿！”爷爷喊道，“伊利诺伊州州界。”他把伊利诺伊说成了“伊拉没路”。这地道的河岸镇口音，让我突然平添了一丝乡愁。

“那印第安纳州呢？”奶奶问。

“哎呀，你这个醋栗，”爷爷说，“我们过去三个钟头快速穿过的就是印第安纳。你一直在听培比的故事，正好没留意。你忘了埃尔克哈特吗？就是我们吃中饭的地方。你忘了南本德市吗？你在那里解了个小手。哎，整个胡热尔州你都没看见！你这个醋栗！”他觉得这真是很滑稽。

“你知道印第安纳州为什么又叫胡热尔州吗？”他问。

“不知道。”奶奶回答。我想她还在为错过了印第安纳而懊恼。

爷爷说：“在印第安纳，不管什么时候，只要你走近一座房子，屋里的人就会问：‘Who’s there?[①] Who’s there?’全州上下，人们都在问：‘Who’s there?’于是，他

① “Who’s there?”意思是“谁在那儿？”其英文发音与州名 Hoosier（胡热尔）相近。

们就被叫作胡热尔人,他们的住地就成了胡热尔州——明白了吗,醋栗?”

“不要再叫我醋栗。”奶奶说,“我当然明白。”

就在这时,公路拐了个弯——眼前的景象真是峰回路转、令人惊愕——就在道路的右侧,突然出现了一片巨大的水面,就像河岸镇牲口棚后面的风铃草一样蓝,而且连绵不绝——极目远眺,除了水还是水,看上去就像一大片亮闪闪的水牧场。

“这是到海边了吗?”奶奶问,“我们可没打算漂洋过海啊,对吗?”

“你这个醋栗,”爷爷解释说,“那是密歇根湖。”然后他吻了吻自己的食指,又把食指放到了奶奶的脸颊上。

“我真想把双脚放在湖水里泡上一会儿。”奶奶说。

爷爷猛打方向盘,横穿两条车道,驶上出口坡道。大约过了为一头牛挤奶的工夫,我们已经光着脚站在了密歇根湖清凉的水里。湖水飞溅到我们的衣服上,鸥群在头顶盘旋,它们的叫声听上去像合唱,仿佛为我们的到来而备感欢欣。

“呼啦,呼啦!”奶奶一边把脚跟探进沙中,一边呼喊,“呼啦,呼啦!”

随后我们又向前开车走了一小段路,在芝加哥郊外的霍华德·约翰逊汽车旅馆停下来。我从旅馆极目眺望“伊拉没路”,真希望密歇根湖已被我们抛到了七千里外。对我来说,它看上去与俄亥俄北部几乎一样:一样的平原,一样又长又直的水泥路。我想,这趟旅程可真是长路漫漫啊。这时，夜幕中仿佛又传来了低语声："加速，赶紧，加速。"

夜里，我躺在床上想象着路易斯顿市，但对于这个我从未去过的地方，我完全无从想起。相反，我的思绪又飘回了河岸镇。

妈妈离家去路易斯顿的那个四月，我最初的想法是："她怎么会这样？既然我是她的一部分，她又怎么能离开我？她缺了我怎么能过得下去？"

日子一天天过去，很多事变得更难，我也更悲伤，但有些事却奇怪地变得更容易了。妈妈在时，我就像她的一面镜子：她高兴我就高兴，她难过我也难过。她走后的最初几天，我头脑麻木，无知无觉。我不知道该怎样去感受。我老是发现自己在四下寻找妈妈，想通过她了解我可能有什么感受。

大约在她离开两周后的一天，我背靠栅栏站着，看见一头初生牛犊凭借瘦弱的四肢摇摇晃晃地站了起来。它跌倒了，又颤抖着爬起来，还冲我的方向摇摆着大脑袋，投来温顺、可爱的一瞥。"噢！"我想，"这一刻，我总算感受到了快乐！"我很惊讶，妈妈不在身边，我竟然全靠自己也能有感受了。那天夜里躺在床上，我没有哭泣。我对自己说："莎拉曼卡·特里·希德，没有她，你也能快乐。"这样想可能很不敬，我心里为此很愧疚，但这毕竟是我的真实感受。

在旅馆里，就在我沉浸于往事的时候，奶奶过来坐到我的床沿上。她问道："想你爸爸吗？你要给他打个电话吗？"

我确实想他，也确实想打电话，但嘴上却说："不用，我很好，真的。”我要是沉不住气打电话回去，爸爸没准儿会觉得我是个没用的笨蛋呢。

“那好吧，小亲亲。”奶奶说。她弯腰亲我，我闻到了她一直使用的婴儿爽身粉的味道。不知道为什么，那味道让我感到悲伤。

第二天早上离开伊利诺伊州芝加哥市的时候，我们迷路了。这个城市的高速路四处蜿蜒，存心让人发蒙。两个小时过去，我们还在兜来转去。我不停地祈祷：“千万不要出什么乱子，请保佑我们按时到达。”

爷爷说：“至少，天气真美妙，兜风正好。”

我们总算找到一条像是往西的公路，于是就上了这条道。这不是我们想走的路，但爷爷还是顺着它开了下去，直到穿越了半个“伊拉没路”，才看见一个路牌上写着：“90号公路北段，通往威斯康星州。”到下一个出口匝道时，我们迅速逃离。“快让我离开‘伊拉没路’吧！”爷爷说。

我们计划驶过威斯康星州的低地弯道，转到明尼苏达州、南达科他州和怀俄明州，然后快速进入蒙大拿州，最后再穿越落基山脉，到达爱达荷州。据爷爷估计，每个州大约都要费时一天。在到达南达科他州之前，他不打算过多停留。

爷爷对南达科他州心驰神往。“我们就要参观荒原喽。”他说，“我们还要参观黑山。”

那两个地方，一听地名我就不喜欢，但我知道我们为什么要去：这都是妈妈曾经到过的地方，她乘坐的开往路易斯顿市的客车在每个旅游景点都会停留；而现在，我们正在沿着她的足迹行进。

8

疯子

我们刚上了走出“伊拉没路”的正道，奶奶就说：“继续讲培比。接下来怎么了？”

“你们想听疯子的故事吗？”

“天哪！”奶奶说，“不要过于血腥就成。我敢发誓，那个培比活像格罗瑞娅。想象一下吧，一个‘疯子’。”

爷爷说：“格罗瑞娅真的盼着嫁给我吗？”

“也许是真的，也许不是。”奶奶回答。

“得了吧，真讨厌，我只是随口一问——”

“我觉得是这样。”奶奶打断他的话，“操心事还不够多吗？把注意力放到路上，别为格罗瑞娅费神了。”

爷爷从后视镜里冲我挤了挤眼睛：“我猜，我们的醋栗真的吃醋了。”

“我才没有呢。”奶奶说，“还是讲讲培比吧，小亲亲。”

我很乐意继续讲菲比的故事，我可不希望爷爷奶奶为了格罗瑞娅大战一场。

周六早上，我在菲比家时，玛丽·卢·芬尼打来电话，邀请我们去她家玩。菲比的爸爸出门去打高尔夫球，她妈妈也去食品店了。

菲比满屋查看，确保所有门窗都已锁好。她妈妈已经检查过了，但她还是让菲比保证要再看一遍。“以防万一。”温特博特姆夫人说。我不知道“以防万一”是要防什么——她离开不过一刻钟，我们马上也要出门，难道要防什么人利用这个空当偷偷溜进来，打开所有的门窗？但温特博特姆夫人嘱咐说：“再小心都不过分哦。”

门铃响了。菲比和我从窗户往外看。一个年轻男子站在前廊上，看上去十七八岁的样子——不过，我可不会像双目失明的帕特里奇太太猜得那样准啊。那个年轻人身穿黑色体恤、蓝色牛仔裤，双手塞进口袋里，看上去惴惴不安。

“我妈很讨厌陌生人找上门来，”菲比说，“她相信某天真会有个陌生人闯进家里，到处挥舞着枪，事后才知道那是一个逃出来的疯子。”

“噢，天哪，菲比，”我说，“你要我去开门吗？”

菲比深吸了一口气。“我们一起去。”她开了门，很冷静地说了声“你好”。我想她这是想让人知道，她可不是那么容易被陌生人愚弄的。

“这是格雷街四十九号吗？”年轻人问道。

我认为这个问题实在是不太高明。因为菲比家门外的街道上有四个标牌写明这是格雷街，菲比家房子的前门上方也用显眼的大黑数字标明了四十九号。菲比说：“对啊，这就是格雷街四十九号。”

“那么，这里就是温特博特姆家？”他问。

菲比回答：“是啊，这就是温特博特姆家。”接着她又说：“抱歉，我要走开一下。”她关上门，对我说：“你看他有什么地方像疯子吗？他的牛仔裤很紧，T恤衫也有点显小，看上去没有什么地方能藏得下枪。可是，他会不会把匕首什么的塞进袜子里呢？”

看到菲比杞人忧天的样子，我说：“可他根本就没穿袜子啊。”

菲比又打开了门。

年轻人说：“我想见温特博特姆夫人，她在家吗？”

“在家。”菲比撒谎说。

年轻男子上下打量着街道。他的卷发乱蓬蓬的，两边脸颊上各有一个浅粉色的圆晕。他总是左顾右盼，从不直视我们的眼睛。

“我想跟她说话。”他说。

“跟谁？”菲比明知故问。

“温特博特姆夫人啊。”

看样子，他不达目的绝不罢休。

“她这会儿走不开。”菲比说。

听菲比这么说，我感觉他像是哭了。他紧咬着嘴唇，两眼飞快地眨了三四下，说道：“我等她。”

“请稍等。”菲比说完，关上了门，走下楼梯，假装去找她妈妈。“妈咪！”她叫道，“唷——嗬！”她又上了楼，脚步声咚咚作响。“妈妈！”

我和菲比又回到前门。他还站在那儿，双手插在裤兜里，悲伤地盯着菲比家的房子。“真奇怪，”菲比对他说，“我以为她在家，但她肯定是出去了。不过家里还有很多别的人……”她很快又说：“很多很多人——但是温特博特姆夫人不在。”

他咬了咬嘴唇，就像一只垂头丧气的老狗。他说：“那我想见温特博特姆先生。”

菲比说：“对不起，家里有很多很多别的人，但温特博特姆先生也不在。”

“温特博特姆夫人是你妈妈，对吗？”他问。

“对，”菲比说，“你需要我捎个话吗？”

他脸上的粉色圆晕更红了。“不用！”他说，“不用了。我不想。不必了。”他又把街道上下打量了一遍，然后抬头看了看门上方的门牌号。

他问菲比：“你叫什么名字？”

“菲比。”

“是菲比·温特博特姆吗？”

“对。”

他又念了一遍：“菲比·温特博特姆。”我以为他会拿她的名字开个玩笑什么的，但他没有。他看了我一眼：“你也是温特博特姆家的吗？”

“不是，”我说，“我是来玩的。”

然后他走了。他转过身，缓慢地走下前廊的台阶，到了街上。等他拐过街角，我们才动身一路小跑去玛丽·卢的家。菲比认为，这个年轻人肯定会在什么地方伏击我们。她真这么想，我前面已经说过，她有超强的想象力。

一条格言

我们快要走到玛丽·卢家时，菲比说："玛丽·卢家远远不如我家那么文明。"

"你是指哪方面？"我问。

"噢，到时候你就知道了。"菲比说。

玛丽·卢·芬尼和本·芬尼在学校同班。开始我还以为玛丽·卢和本是亲兄妹，但菲比说他们是堂兄妹，本在玛丽·卢家寄住。看来，芬尼家时常会有至少一位无家可归的亲戚临时栖身。

芬尼家果然乱得像一锅粥。玛丽·卢有一个姐姐、三个兄弟，此外还有她的父母和本。家里到处都是橄榄球和篮球，男孩们从楼梯扶手上滑下来，跃过桌子，含着满口食物嚷嚷着，用没完没了的问题打断别人说话。菲比看了看周围，小声对我说："我爸妈总是井井有条，但是玛丽·卢的爸妈好像不怎么管事。"菲比有时显得太刻板了。

芬尼先生穿着衣服躺在浴缸里看书。我从玛丽·卢卧室的窗口往外眺望，看见芬尼夫人正躺在车库的屋顶上，头下还垫了个枕头。"她在干什么？"我问玛丽·卢。

玛丽·卢朝窗外看了一眼："万王之王！她在打盹儿！"

芬尼先生爬出浴缸，来到后院，开始和玛丽·卢的兄弟丹尼斯、道格一起投掷橄榄球。芬尼先生不时叫道，"这儿！""那儿！""投得真棒！"

上个周末，学校举办了一场运动会。家长们观看了孩子们在体操和赛跑项目中各显神通。此外，还有一些请家长参与的亲子游戏，比如"两人三脚赛跑"和"葡萄柚传递"等。我爸爸没能去，而玛丽·卢和菲比的父母都去了。

菲比说："有时候这些游戏有点小儿科，所以我爸妈一般不参加。"芬尼夫妇满场边跑边喊："这儿！""就这么来！"两人头上都被泼了几杯水。玩"两人三脚赛跑"时，他们跑得跌跌撞撞、东倒西歪的。而菲比的父母只是站在场边袖手旁观。

菲比对我说："我不知道，玛丽·卢会不会因为她爸妈的表现感到难为情。"

我想，这有什么好难为情的？我反倒觉得这样很好，但我没有把自己的想法告诉菲比。我觉得，菲比内心深处也认为这样很好，并且希望自己的父母能像芬尼夫妇那样——她不过是不肯承认罢了。菲比总是这样竭力维护自己的家庭，这倒让我有点喜欢。

就在我和菲比见到那个疑似疯子的年轻人、然后又去了玛丽·卢家那天，还发生了几件微妙的事。我们坐在玛丽·卢房间的地板上，整理成堆的旧鞋子和皱巴巴的腰带。菲比向玛丽·卢说起那个神秘的、疑似疯子的人。其间，玛丽·卢的兄弟丹尼斯、道格和汤米总是横冲直撞地跑进跑出，跨过那些鞋子和腰带，斜靠在床上用水枪朝我们喷水。

本躺在堂妹玛丽·卢的床上，用他那乌溜溜的眼睛凝视着我。他的双眼就像两只乌黑闪亮的碟子镶嵌在又大又圆的底座上；同样乌黑的眼睫毛如同羽毛，在他的脸颊上投下两道暗影。

“我喜欢你的长发，”他对我说，“你能坐在自己的头发上面吗？”

“能啊，如果我愿意的话。”

本从玛丽·卢的书桌上拿了一张纸，又躺到床上，开始涂鸦。

玛丽·卢问菲比的日记都写了些什么。“都是些鸡毛蒜皮的事情。”菲比说。在学校里，日记已经成了热门话题。显然，在上个学年快结束时，英语老师要求他们每个人暑假都要写日记。开学第一天，他们得把日记交给新的英语老师伯克威先生。现在，似乎每个人都对别人写了什么十分好奇。我刚转学过来，不知道这项作业，也就不用交了，因此十分轻松。

本说：“你们想看吗？”他一边问一边在床沿上方展示他的画作。画上有两个“人物”：一个像是蜥蜴类的动物，黑色的长发顺着后背倾泻而下，一直到尾部，然后突然变成了一把带腿的椅子。画的下方是标题：“坐在自己的头发上的莎拉曼德”。另一个是一只大黄蜂，剪了个平头，腿上穿着小小的蓝色紧身牛仔裤，标题为“自由的蜜蜂”。

“真有意思。”菲比说着离开了房间，玛丽·卢跟了出去。

我转身把这幅画递给本，没料到他正朝我倾斜过来，他的嘴唇碰到了我的锁骨，还在那里停了一会儿，而我的鼻子正好触碰到他的头发。他的头发散发着葡萄柚的清香，我想这应该是洗发水的味道。然后他从床上翻身下来，抓起他的画，冲出了房间。

他真的亲吻了我的锁骨？如果真是这样，那他为什么这样做？如果我当时没有转身，他还会亲吻我别的什么地方吗，比如嘴唇？想到这些真是令人害怕。我想得越多，就越搞不清这一切是否纯属幻想。也许，他只是翻身下床时无意中碰了我一下而已。

那天从玛丽·卢家回来的路上，菲比问我："你不觉得那里太——太——太吵了吗？"

"你是说芬尼家？"我问。

"是啊，芬尼家。"她说，"你以为我在说哪儿呢？"

"你不过是嫉妒吧。"我说。

"我才不嫉妒呢！我只是告诉你，那儿吵得慌。"

"我不在乎。"我说。我想起爸爸曾经对妈妈说过："我们要养满屋的孩子！直到房间都装不下！"但他们的愿望没能实现。早些时候，只有我陪伴他们；后来呢，就只有我和爸爸四目相对。

我们回到菲比家，只见她母亲正在沙发上躺着，拿纸巾擦拭眼睛。

"有哪儿不舒服吗？"菲比问。

"噢，没有。"温特博特姆夫人回答，"没什么。"

然后菲比告诉她妈妈，先前有个像疯子的人来过。听了这件事，温特博特姆夫人显得闷闷不乐。她想知道，他具体说了些什么,菲比又说了些什么,他是什么样子,他是怎么做的,菲比又是怎么做的……没完没了。最后,温特博特姆夫人说:“我想,最好先不要跟你爸说起这件事。”她身体前倾,像要拥抱菲比,但菲比抽身闪开了。

后来,菲比对我说:“真奇怪啊。通常我妈不管什么事情都会告诉我爸。我指的是每件事情,包括食品店里的人说面包多少钱,在哪里可以买到更便宜的,哪种擦银剂比另一种好用,以及普鲁登丝说了什么,我说了什么,等等。”

“也许,她认为,因为你和陌生人说话,你爸会生气?”我说,“也许她只是怕你会惹麻烦。”

“可我还是不想对我爸隐瞒这件事。”菲比说。

我们出门来到前廊,发现最上面的台阶上放着一只白色的信封。信封上没有收信人姓名,一个字也没写。我以为这不过是粉刷房屋或清洁地毯的广告。菲比拾起信封,打开。“天哪!”她叫道。里面是一张蓝色小纸片,上面写着一条格言:

> 不要急于评判他人,除非你已穿上他的鹿皮靴走过两个月亮。

“真是咄咄怪事。”菲比说。

我看了看这张纸。刚开始我还有一丝奇怪的感觉,心想这是我爸爸送来的,因为他总是念叨这样的格言,他本身就像一本常用格言大全。可是纸条上的字迹与爸爸的字毫无相似之处。

菲比让她姐姐普鲁登丝和她妈妈看了这条格言。温特博特姆夫人拽着自己的衣领，问道：“这是给谁的？”

这时，温特博特姆先生肩上背着高尔夫球杆，从后门进了屋。温特博特姆夫人给他看了格言。“这是给谁的呢？”温特博特姆夫人又问了一遍。

“我真的不知道。”温特博特姆先生说。

“可是，乔治，为什么会有人给我们送来这句格言？”

“诺玛，我也不清楚。也有可能不是给我们的。”温特博特姆先生把高尔夫球杆放到冰箱边上，看起来他没把格言当回事。

“难道不是给我们的？”温特博特姆夫人说，“但它明明是在我们家门前的台阶上被发现的。”

“说真的，诺玛，那也可能是给别人的。”

“可是，甜面包——”

“也许是给普鲁登丝或者菲比的。”

普鲁登丝说：“不是给我的。”

“可你怎么知道？”温特博特姆夫人问。

“我就是知道。”普鲁登丝说。

“菲比，你呢？”温特博特姆夫人又问，“是给你的吗？”

“给我的？”菲比说，“我可不这么认为。”

“那么，到底是给谁的呢？”温特博特姆夫人问。

普鲁登丝看着她爸爸，她爸爸看着菲比，菲比看着我，我看着温特博特姆夫人。

“我们真的不知道。”菲比说。

温特博特姆夫人看上去忧心忡忡。我敢说，她认为这封信是那个疑似疯子的人送来的。

10

万岁，万岁

我给爷爷奶奶讲完这条神秘的格言的时候，爷爷正驾车离开高速公路。开车时间久了，爷爷已感到疲劳，觉得公路中间那一小段一小段的白色分道线像在扭动。当我们来到威斯康星州麦迪逊市时，奶奶说："我为温特博特姆夫人感到有点难过，她好像不太快乐。"

"要我说的话，他们好像都有点古怪。"爷爷说。

"做一个母亲，就像与狼共舞，"奶奶说，"尤其是做一两个孩子的母亲。假如你有三四个——或者更多的——小宝贝的话，那就好比一直在热锅上跳舞，你根本没空闲想任何旁的事情。如果只有一两个孩子，那反倒更难了。你有一点空——你认为有空当——就得设法去把它填满才行。"

"行了，做一个父亲也不是那么简单。"爷爷说。

奶奶碰了碰他的胳膊："废话。"

我们转了一圈又一圈，爷爷才看见有辆车从主路边的一个车位开走了。另一辆车也盯上了这个位置，但爷爷已经动作飞快地停车入位。那辆车的司机朝爷爷挥动拳头。

爷爷说:“我是个老兵。看见这条腿没?里面还有德国人的枪子呢。我拯救了美国!”那男人只好朝他干瞪眼。

我们没有合适的零钱投进停车收费表。爷爷写了个长长的便条,说他是一位来自肯塔基州河岸镇的游客,曾经是世界大战的退伍老兵,腿上还有德国人的弹片。在没有合适零钱的情况下,如果麦迪逊这座美好的城市允许他在此停车,他将不胜感激。他把这张便条放到了汽车仪表板上。

“您说的都是真话?”我问他,“您腿上真有德国人的弹片?”

爷爷抬头看了看天,说:“天气真是太好啦!”

弹片的事只是爷爷的想象。对这样的事情,我有时还回不过神来。爸爸说过,我就像一条鱼儿,很容易上钩。而我还以为他是在夸我像鱼儿一样鲜美可口呢。

奶奶说:“你知道去什么地方最好玩?”

爷爷四处张望了一番,走到公路中间,冲一辆朝他急驰过来的巴士招手。车停了,他向司机询问了几句,然后招手要我们都上车。

麦迪逊市坐落在门多塔湖和莫诺纳湖之间。两大湖又衍生出许多小湖。这里大概有一百万个公园,一百万辆特警专用自行车,一百万组自行车专用红绿灯。整个城市似乎都在放假:人们骑车到处跑,沿着湖边散步,喂野鸭,吃东西,划船,玩帆板。我从没见识过这种景象,而奶奶更是激动得直喊“万岁!万岁”。

整座城市都禁止小汽车通行。成千上万的人在四处闲逛，边走边吃冰淇淋。我们在“阳光印象”咖啡店停下来，享用了香蕉松饼，稍后又走进埃拉犹太熟食店和冰淇淋店，点了香熏牛肉三明治和犹太泡菜，最后还品尝了山莓冰淇淋。我们接着转了一会儿，又饿了，于是到饮品店喝了杯柠檬茶，吃了些蓝莓馅饼。

自始至终，我耳边仿佛都有人在小声说：“快点，赶紧，快点。”可爷爷奶奶总是慢慢悠悠的。

“我们该走了吧？”我不停地问。但奶奶总会说：“万岁！万岁！”爷爷总会说：“我们很快就走，小亲亲，很快。”

“你不想寄张明信片吗？”奶奶问我。

“不，我不需要。”

“不给你老爸寄一张吗？”

“不，不了。”我这样说，可是很有理由的。妈妈在整个旅途中都会给我寄明信片。她写道：“我现在到了荒原，非常想你。”“这里是拉什莫尔山，但我没有看到总统头像，眼前只有你的脸庞。”后来，我们知道她不会回来了。又过了两天，我收到了妈妈寄来的最后一张明信片——那是她从爱达荷州的科达伦寄出的——正面是一个美丽的、蓝色的湖，绿树环绕。背面写道：“明天我将到达路易斯顿。爱你，我的莎拉曼卡·特里。”

“我真不想开车上路，”爷爷说，“可是时间不等人哪。”

“是啊，”我心里想，“就是啊，就是啊，就是啊！”

奶奶放低椅背，打了个盹儿。趁着空闲，我又把心里的愿望默念了几千遍。我知道接下来会发生什么事。爷爷又把车停到路边上了。“瞅那儿，”他说，“威斯康星河谷。”他把车开进宽阔的停车场，说：“你们不想下车四处看看吗？我正好闭目养会儿神。”

我和奶奶打听到这里有一处古城堡，然后坐在草地上，看一群北美土著击鼓跳舞。我妈妈不喜欢“北美土著”这个词，她觉得这个称谓听上去有点愚顽不化的意思。她说：“我的曾外祖母是塞涅卡印第安人，我为此深感自豪。她不是塞涅卡北美土著。印第安人听起来更有异国情调，也更勇敢和优雅。”

在学校里，老师要求我们必须说“北美土著”，但我赞同妈妈的意见，认为称作“印第安人”更好。我和妈妈都喜欢我们的印第安出身。妈妈说，我们血液里这种独特的品质让我们懂得对自然感恩，也让我们与大地更加亲近。

我仰面躺着，闭上眼睛，仿佛听到鼓声在不停地催促：“快点，快点，快点！”跳舞的人似乎也在唱道：“赶紧，赶紧，赶紧。”有人在摇动手铃，这让我联想到圣诞节和雪橇。等我睁开双眼时，发现奶奶不见了。

我到处搜寻，想找到我们停车的位置。我的视线穿过人群，越过树林，掠过售货亭。“他们走了，”我想，“他们离开我了。”我开始奋力挤进人群。

人们在拍手，鼓声响成一片。我转来转去，想不起来时的方向。这里共有三个标牌，分别指向不同的停车场。鼓声越来越大，人们随着鼓点拍手的声音也越来越大。我又往人群中间挤了挤。

印第安人围成里外两个圆圈，跳来跳去。在外圈跳舞的男子头戴羽毛饰品，身着短皮裙，脚蹬鹿皮靴。我想到了菲比收到的格言：不要急于评判他人，除非你已穿上他的鹿皮靴走过两个月亮。

在男人围成的内圈里，身着长裙、佩戴串珠的女人们手挽手围着一位老妇人在跳舞。老妇人则身穿一件普通的棉布衣裳，巨大的头饰滑下来，遮住了她的额头。

我走近一看，圆圈中间的老妇人正在跳来跳去，她脚上穿着宽松的白色便鞋。就在鼓声的间隙，我听见她喊道："万岁，万岁！"

她就是奶奶。

11

退缩

第二天清晨，我们离开威斯康星，驾车穿越了明尼苏达州的低地。这里多山，到处一派葱茏，公路两旁不时可见成片的森林，空气里弥漫着松叶的清香。

“终于有值得一看的风景了。”奶奶说，“我喜欢有风景的地方，你呢，小亲亲？”

头天的事，我还没说完。想到爷爷奶奶离我而去了，我被吓得脊背发凉。我不知道什么样的事情会降临到我头上。自从那个四月天里妈妈离开以后，我怀疑每个人都会一个接一个地离开。

我很高兴能够接着讲菲比的故事。因为当我说起菲比的时候，我不太想别的事情。我不会时刻想着那些以六十五英里的时速从我们旁边飞驰而过的汽车，不会想爸爸和玛格丽特。我努力不去想妈妈，但当我说起菲比时，在我讲述的故事后面，我时常窥见妈妈的容颜。

“培比又收到了更多的格言吗？”奶奶问。

*

是的，她又收到了新的格言。接下来的一个星期六，我和菲比又去了玛丽·卢家。当我们从菲比家出来时，看见门前的台阶上又出现了一个白色信封，里面有一张蓝色纸条，上面写着：

每个人都有自己的议程。

我和菲比看了看左右的街道，但是送信人没有留下任何蛛丝马迹。我们不太懂得“议程”的含义，到玛丽·卢家专门查了词典。玛丽·卢对先后出现的这两条格言很好奇。“真是激动人心！”她说，“我真希望有人会送格言给我。”

但菲比却觉得这些格言有点阴森恐怖。她倒不是因为字句担心——这没有什么吓人的，令她害怕的是，有人神不知鬼不觉地溜到她家屋檐下留下这些格言，却没有人知道是谁干的。她担心有人在窥视她家，等待适当的时机留下格言。要说多愁善感，菲比绝对无人能敌。

我们想弄懂这条格言的含义，查到了“议程”这个词。“好了，”菲比说，“议程，就是会议上要讨论的事情的清单……”

“那么，这可能是给你爸爸的。”我分析道，“他参加会议吗？”

“哦，我想他整天都很忙。”菲比说。

“可能是他的上级送来的。”玛丽·卢说，“也许你爸爸安排会议不太拿手。”

“我爸爸做事一向井井有条。”菲比说。

“另一条格言是怎么说的？”玛丽·卢问，“上一条是什么呢？”

“不要急于评价一个人，除非你已穿上他的鹿皮靴走过两个月亮。”

“我知道那是什么意思。”我说，“我听我爸说过很多次。”

“噢，真的吗？”菲比问。

“我过去以为，印第安人的每双鞋子里都有两个月亮。但我爸说，这句话是说，不应该随便判断别人，除非你穿着他们的鹿皮靴走过很长的路。就是说，你只有学会设身处地，才能体谅别人。”

“你爸经常引用这句话吗？”菲比问。

“我知道你在想什么，”我回答，“但我爸可不会悄悄溜到你家来送这些格言。他的笔迹不是这样的。”

本走进玛丽·卢的房间时，玛丽·卢问他这句格言是什么意思。本从她桌上取了张纸，很快画好一幅漫画。说来不免有一点吓人，因为他画的和我曾经幻想的几乎一模一样：一双印第安人的鹿皮靴，两只靴子里面各有一个月亮。

玛丽·卢对菲比说：“也许你爸爸工作的时候，总是急于去评价别人，所以他需要先穿上他们的鹿皮靴走一走。”

“我爸爸并不急于评价别人。”菲比回答。

“你没必要这么袒护他。”本说。

“我没有袒护他。我只想告诉你们，我爸并不急于评价别人。”

然后我们去了杂货店。我以为只有我、菲比和玛丽·卢去，但我们出门时，发现汤米和道格也要去。等到最后时刻，本说他也要一起去。

“我不知道你怎么受得了。”菲比对玛丽·卢说。

“受得了什么？”

菲比指了指汤米和道格。他们到处乱跑，就像两个上足发条的玩具，不断学着发出飞机和火车的轰鸣声，在我们中间飞奔，一会儿又跑到我们前面，两人互相绊倒在地，哭了起来，接着再跳起来踢对方，然后又一起追赶大黄蜂去了。

“噢，我都习惯了。”玛丽·卢说，“我的兄弟们老是干一些牛头牛脑的事情。”

一路上，本总是紧跟在我后面，我因此略感紧张。我不停回头看他在做什么，而他只是笑吟吟地信步跟着。

汤米又向我猛冲过来。在我向后倒的关头，本抓住了我。他双臂环抱我的腰，紧紧抓着我，我明明已经站稳脚跟，他却并没有立即松手。我感到他的脸碰到了我的头发。我又闻到了葡萄柚特有的香味。

“放开。”我说。但他没有松手。我有一种奇怪的感受，就像有个什么小虫子爬上了脊梁。不过我并没有觉得毛骨悚然——程度要轻得多。还有点发痒，让我以为他把什么东西放进了我的衣服里。“放开！”我喊道。本这才松开了手。

到了杂货店，我又被吓了一跳。我想，我大概听菲比讲过太多关于疯子和斧头杀人狂的故事。我和菲比正在看杂志，这时我感觉好像有人在盯梢。我朝本站立的方向看去，只见他和玛丽·卢正在忙着四处寻找巧克力棒。可我被人盯梢的感觉并未消失，于是我又朝商店另一侧看去。我看到了那位曾经去过菲比家的神情紧张的年轻人，他正站在收银台结款。他一边递钱给收银员，一边盯着我们。我用胳膊肘轻轻碰了碰菲比。

"噢，天哪！"她说，"是那个疯子！"

她急忙跑到本和玛丽·卢身边："快看，那个疯子！"

"在哪儿？"

"收银台。"

"那儿没人啊。"玛丽·卢说。

"真的，他刚才还在。"菲比说，"我发誓，不信你们去问莎尔。"

"他刚才确实在那儿。"我证实说。

回玛丽·卢家的途中，我们不停扭头朝身后看，但没有发现"疯子"的踪影。我们在玛丽·卢家待了一会儿，然后动身回菲比家。大约只经过一个街区，我们听到背后有人追过来。

菲比认定我们的末日就要到了。她说："如果他砸扁我们的脑袋，再把我们扔到人行道上——"

我感到有一只手放到了我的肩上。我张嘴想要呼喊，但喊不出声。我对自己说："喊啊！快喊啊！"可我根本喊不出来。

是本。他说："我吓着你了？"

"这可不是什么好玩的事情。"菲比生气地说。

“我送你们回家。”他说，“以防遇到什么——什么——疯子之类的。”他说“疯子”这个词有点费劲。

去往菲比家的路上，本讲了一些奇怪的事情。一开始，他说：“也许你们不应该把他叫作疯子。”

“为什么？”菲比问。

“因为，疯子是——疯子指的是——噢，别介意，就当我没说。”他不想解释了，好像后悔自己一开始就不应该说起这个话题。过了一会儿，本问我：“你们家里人从不互相触碰吗？”

“你问这话是什么意思？”

“我只是好奇，”他说，“你身边的人会经常触碰你吗？”

“不。当然不会。”我不明白他想了解什么。

他两只圆圆的黑眼睛看着我：“我就猜到是这样。每当有人碰你时，你都会退缩。”

“我不会。”

“你会。”他碰了碰我的手臂。我不得不承认，我本能地要退缩，但我控制住了。我假装没有注意到他的手放在我的手臂上——这只让我脊梁发痒的小虫子消失了。

“嗯，”他的口吻像医生看病似的，“嗯。”他把手拿开，问我：“你妈妈在哪儿？”

我从未向任何人提到过妈妈，即使对菲比也没有说过。只有一次菲比问起过她，我只是说妈妈没和我们住在一起。

本说：“我有一次见过你爸爸，但从没见过你妈妈。她在哪儿？”

“她在爱达荷——爱达荷州路易斯顿市。”

“她在那儿干什么？”本问道。

“我不太想说。”我可没想过问他母亲在哪里。

他突然又碰了碰我的胳膊。我缩了一下，他得意地说：“哈哈，这回让我逮着啦！”

他的话让我心烦意乱。我想起来，爸爸还真是不怎么拥抱我，也许正是这样，有人触碰我的时候，我才会退缩。我以前可不是这样。那时一切都还没有乱套，我们也经常会拥抱家人。和本，还有菲比走在路上，我脑海里浮现出我三岁时的一幅画面：妈妈环抱着我。妈妈把我背在背上，带我去牲口棚。我用双臂环绕着她的脖子，脸上被她的头发弄得有点痒。她的头发散发着玫瑰的清香。她轻轻舔着我的手臂，说：“嗯，你是一棵甜蜜可口的莎拉曼卡树苗，一棵最甜美的莎拉曼卡树苗。”

我眼前又浮现出另一幅画面。我已长到九岁或十岁，妈妈爬进我的被窝，紧紧依偎着我说：“让我们做一只木筏，坐着它顺着河水漂向远方。”我多次想起关于木筏的事，并且真的相信有一天我们会做一只木筏，一起坐着它顺流而下。但她还是一个人去了爱达荷州路易斯顿市，没有带上我。

本碰了碰菲比的胳膊。菲比也缩了一下。“哈！”本笑了，“你也被我抓住啦。你也是过敏型，‘自由的蜜蜂’。”

我大吃一惊。我已经注意到，菲比家的人似乎个个都很紧张，他们整洁、体面，同时也特别刻板。我也变得和他们一样了吗？他们为什么会那样？有好几次，我看见菲比的妈妈想要碰菲比、普鲁登丝或温特博特姆先生，但他们都抽身避开了，让人觉得他们已不再需要她。

我自己呢？是不是也渐渐疏远了自己的母亲？她是否也感到了我留给她的空虚？她是不是因此才离开了我们？

我们走到菲比家的车道时，本说："我想你们现在安全了。我要回去了。"

"你回去吧。"菲比说。

我们站在原地，本也还没往回走。这时，随着一阵车轮摩擦地面发出的刺耳声响，卡达芙夫人的黄色轿车停到了路边。她那乱蓬蓬的、巫婆般的红头发飞舞着。她朝我们挥挥手，然后开始把车里的东西拽出来，重重地扔在人行道上。

"那是谁？"本问。

"卡达芙夫人。"

"卡达芙？就是死人的意思喽？"

"没错。"

"嗨，莎尔！"卡达芙夫人招呼我。她正把一大堆鼓鼓囊囊的包裹卸到人行道上。本走过去，问她是否需要搭把手把东西搬进屋里。

"天哪，你真有礼貌。"卡达芙夫人说，她那双瞪得溜圆的灰色眼睛闪闪发光。

"她把我吓得半死。"菲比说。

菲比的妈妈来到她家门前。"菲比吗？你在干什么？你要进屋吗？那是谁？"她指着本问道。

菲比对本悄悄说："不要进屋。"

“为什么不？”他说话的声音有点大。卡达芙夫人抬头看了看，问道：“什么？为什么不？”

“噢，没事。”菲比回答。

卡达芙夫人又问：“莎尔，你要进来吗？”

“我要去菲比家。”我找了个借口，心里很得意。

菲比扯扯本的袖子：“你怎么啦？”

“有什么事吗？”卡达芙夫人问。她的声音像枯叶般沙哑。

“菲比！”她妈妈叫她，“小甜心！”

我们离开了本。就要走进菲比家时，我们回头看见本从人行道上拎起什么东西：那是一把锃亮的新斧头。

菲比的妈妈问：“那是玛丽·卢的哥哥吗？是他送你们回来的吗？玛丽·卢在哪儿？”

“我很烦你连珠炮似的问我三个问题。”菲比说。透过窗户，我们看见本把斧子拖到了卡达芙家房门前的台阶上。菲比打开窗，喊道：“不要进去！”但当卡达芙夫人拉开门后，本就走进屋里不见了。

“菲比，你在干什么？”她妈妈问道。

接下来，菲比从衣服兜里掏出了那个信封，里面是最新的格言。菲比说：“我在外面发现的。”

温特博特姆夫人小心翼翼地打开信封，好像里面装的是一枚微型炸弹。

“噢，甜心，”她问，“谁送来的？送给谁的？这句话是什么意思？”

菲比告诉了她“议程”的含义。

“菲比，我当然知道议程是什么。”她说，“我真是烦透了。我想知道这些格言都是谁送来的。”

我等着菲比告诉她，我们在杂货店里碰见了那个神情紧张的年轻人。但菲比没有提起。

过了一小会儿，看到本从卡达芙家出来，我们才如释重负——他看上去并没有缺胳膊少腿。

那天我回到家，见爸爸正在车库里修车。他斜靠在发动机上，一开始我没有看见他的脸。

“老爸，假如一个人触碰别人，被触碰的人会退缩，你认为这说明什么？你是不是觉得这个被触碰的人太呆板了？我的意思是，假如这个人过去并不退缩，可是现在——”

爸爸慢慢转过身。他双眼红肿，像是刚哭过。他的双手和衬衫都沾满了机油，但当他拥抱我时，我丝毫没有退缩。

12

婚床

我刚开始讲菲比的故事时，爷爷奶奶都静静地坐着听我讲。爷爷集中精力开车，奶奶则凝视窗外。他们偶尔会扭头看我一眼，或者插话："真该死！""真的吗？"随着故事层层深入，他们打断我的时候就越来越多了。

当我讲到"每个人都有自己的议程"这句格言时，奶奶在仪表板上竖起了大拇指。"可不是吗！老天爷！事实可不正是这样吗？"

我问："您的意思是——"

"每个人从来都只关心自己的问题、自己的生活、自己的小小烦恼。而且我们总希望别人来迁就我们的议程，'瞧，我多烦恼啊。替我分忧吧。走进我的生活。关心我的问题。关心我。'"奶奶感叹道。

爷爷挠挠头，说："你已经变成哲学家，还是别的什么老学究了？"

"管好你自己的议程吧。"奶奶说。

我说过，本曾经问起我妈妈的下落，我告诉他我妈妈在路易斯顿市，但我不想去解释。讲到这里，我看见爷爷奶奶相互递了个眼色。

爷爷说："有一回，我父亲离家半年，没有人知道他去了哪里。我最好的哥们儿问我父亲的去向，我转身就冲着他下巴来了一拳。那是我最好的朋友，我一拳打中了他的下巴。"

"你可从没对我说过。"奶奶说，"真希望他以牙还牙，把你暴打一顿。"

爷爷张开嘴，指着牙齿当中的一个豁口："看见没？他也打掉我一颗牙。"

当我给爷爷奶奶讲到，我被本碰到后退缩，后来回家在车库找到了爸爸时，奶奶解开安全带，把整个身体转过来靠在椅背上，拉起我的手亲了一下。

爷爷说："帮我也亲一下。"奶奶就又亲了一下。

有几次，当我讲到菲比那个充满了疯子和斧头杀手的世界时，奶奶说："我对天发誓，她可真像格罗瑞娅，丝毫不差。"有一次，她这么一说，爷爷脸上就露出了恍惚的神情。奶奶说："赶紧断了对格罗瑞娅的痴心妄想吧，我知道你在琢磨什么。"

爷爷说："听见没，小亲亲？这个醋栗竟然知道我脑子里想什么，是不是很了不起啊？"

就在我们到南达科他州边界之前，爷爷又绕道向北，因为他看见了"派普斯通国家保护区"① 的广告牌，画面上是一个嘴衔烟斗的北美土著。

① "派普斯通"(pipestone)的意思是"烟斗石"，意指印第安人用以刻制烟斗的粉红色或粉红夹白色的泥质岩，也是地名，位于美国明尼苏达州。

“跑去看印第安老人抽烟，有什么意思呢？”奶奶问。她对“北美土著”这个称呼的不满程度，不亚于我妈妈。

“我就是想去，”爷爷说，“机不可失，时不再来。”

“去看印第安人抽烟？”奶奶问。

“需要很久吗？”我问。我听见空气仿佛在呼啸：“赶紧，赶紧，赶紧。”

“时间不会太长的，小亲亲。我们正好也需要让汽车的化油器降降温。这一路差点把我的大便都颠出来了。”

我们绕道去派普斯通，途经一片凉爽阴暗的森林。你只要闭上眼睛闻闻空气，就能嗅到肯塔基州河岸镇的味道。派普斯通是一座小城，我们所到之处，总是看见人们在聊天，站着聊，坐在长椅上聊，在街上边走边聊。我们经过时，他们抬头端详我们，直盯着我们的脸，说“嗨”或是“你好”。我们感到宾至如归——尽管这说法有点老套。这里和河岸镇太像了，在那里，你碰到的每个人都会停下来同你说上几句，因为他们不仅认识你，而且一辈子都认识你。

我们到了派普斯通国家保护区，看见一些印第安人正在采石场不停地敲击石头。我问其中一位是不是北美土著，他回答说：“不。我是人。”我又问：“可是，你是不是北美土著——人？”他说：“不，我是美国印第安——人。”我说：“我也是，生来就是。”

我们参观印第安人用石料制作烟斗。在烟斗博物馆里，我们了解到很多关于烟斗的知识——多得超过了任何人应有的常识。在博物馆外面的一块空地上，一个印第安人正坐在树桩上，用一只长长的和平烟斗[①]抽烟。看了大约有五分钟，爷爷问，可不可以让他也抽几口。

这位男子把烟斗递给爷爷。爷爷坐在草地上，吸了两口，然后把烟斗递给了奶奶。奶奶眼都不眨地吸了两口，又递给我。我不想扫兴，就接了过来。烟嘴上有一种微甜、湿热的味道。我把烟嘴放到嘴里，轻吸了几口，这看起来和爷爷奶奶抽烟的样子没什么两样。烟雾吸到口腔，我没有立即吐出去，接着又把烟斗递给了其他人。

爷爷奶奶又吸了几口。我刚才吸入的烟还含在嘴里，连自己都觉得有点傻气。我把嘴张开一小点，一缕细细的烟袅袅升到空中。当我看到这一幕，不知为何又想起了妈妈。毫无来由地，我的脑海里似乎有个声音在说："你妈妈已经一去不回了。"我看着那一缕淡淡的烟雾在空中消逝。

爷爷又回到博物馆所属的商店，买了两只和平烟斗，一只给他自己，另一只给我。"这可不是给你抽烟用的，"他说，"留个纪念吧。"

晚上我们入住印卓·乔和平宫汽车旅馆。旅馆大堂里有一个标牌，上面印着旅馆的名字。有人在"印卓"[②]上面划了一个叉，改成了"北美土著"，于是标牌上就变成了"北美土著·乔和平宫汽车旅馆"。到了房间，毛巾上绣着的"印卓·乔"也被人用黑色记号笔涂改成了"印第安·乔"。我

---

① 在印第安人的部落战争中，如果双方讲和，两个参战部落会用一根长烟斗同抽一袋烟，以示亲善。

② "印卓"的英文为 Injun，是"印第安人（Indian）"的别称，含有不敬的意味。

真希望人们能拿定主意，不要这样随意涂改。

现在，我已经习惯和爷爷奶奶同住一个房间。每天晚上，他们都按同样的顺序做同样的事情。爷爷把箱子搬进房间，扔到床上。奶奶打开衣箱，先找出他们的睡衣，再把爷爷装有剃须用具的小黑包递给他，让他放到卫生间的洗脸盆边上。接着，她取出自己的蓝色化妆包，拿到卫生间，紧挨着爷爷的小黑包放好。

奶奶又回到衣箱旁边，为爷爷找出干净的衬衣和内衣，再把自己的也找出来。奶奶把内衣放进梳妆台抽屉里，爷爷则把衬衣和连衣裙用衣架挂好。最后，奶奶再把爷爷塞进壁柜的衬衣和连衣裙理顺。

第一天晚上，我先观察他们，然后学着他们的样子做每件事情。我打开自己的衣箱，把要用的东西拿出来放好。这以后，我总是跟着他们，看他们做什么我也学着做。

每天晚上，他们上床休息时，总是并排仰面躺着。每晚爷爷都会说："好了，这虽然不是我们的婚床，但我看它也还成。"

在爷爷的整个世界里，最珍贵的事物——除了奶奶——大概就数他们的婚床了。他把肯塔基州河岸镇家中的大床叫作婚床。爷爷最爱讲的故事之一，就是他和他所有的兄弟——以及他和我奶奶的所有孩子——是如何在这同一张床上出生的。

每当爷爷讲这个故事的时候，总是从他十七岁那年讲起。那时他和他的父母一起住在河岸镇。就在那年，他遇到了我奶奶。她是来看她姑妈的，而她姑妈与我爷爷家只隔了一片牧场。

“我那时可真是个狂野的家伙。”爷爷说，“我可以告诉你，我从不为任何女孩停留，她们在我身后拼命狂追，都想要抓住我。但当我看见你奶奶在牧场奔跑，长发像小雌马一样柔软光滑时，我却反过来想要去抓住她。说到狂野，你奶奶可算得上是最狂野、最难驯服、最爱发脾气、最美丽的尤物，因为有她，大地也变得光彩夺目。”

爷爷说，接下来的二十二天里，他紧跟着她，就像一条生病的老狗。到了第二十三天，他跑去向她父亲提亲。

她父亲说：“你要是能让她长时间一动不动，而且她也愿意嫁给你的话，我想你就有戏了。”

爷爷向奶奶求婚的时候，她问：“你养狗吗？”

爷爷说他养狗。事实上，他真有一条又胖又老的猎兔犬，名叫萨蒂。

奶奶问：“那她在哪儿睡觉？”

爷爷结结巴巴，不知如何回答，只好说：“说实话，她就睡在我边上，但是如果我们打算结婚的话，我——”

“你晚上回家进屋的时候，狗有什么反应？”

爷爷完全摸不着头脑，只好实话实说：“她朝我扑过来，又是舔又是叫。”

“然后呢？你会做什么？”

“噢，天哪！”爷爷叫道。尽管不太情愿，但他还是说，“我把她抱到膝上，抚摩她，让她安静下来。有时我也唱歌给她听。你让我觉得自己很傻。”他对奶奶说。

“我不是有意的。”她说，“我想知道的你都告诉我了。

我想，如果你对一条狗都那么好，那对我会更好。还有，如果老猎兔犬萨蒂那么爱你，我也可能会比她更爱你。好吧，我愿意嫁给你。”

三个月后，他们结婚了。婚礼之前，爷爷和他父亲还有兄弟们在一块牧场的空地上盖了一座小屋。

爷爷说："到结婚那天，小屋还没来得及完全盖好，里面没有一样家具，但这不是什么问题，我们婚礼当晚照样可以入住。"

七月里一个晴朗的日子，他们在一片白杨树林里成婚，所有的朋友和亲戚都聚在河边共进晚宴。用餐时，爷爷没有见到他父亲和两个兄弟。他想，他们可能是去准备庆祝酒会了。所谓酒会，其实就是男人们会"绑架"新郎一个小时，带他跑到树林里，一起喝掉一瓶威士忌。晚餐快要结束了，他父亲和兄弟们才回来，但他们没有绑架他去酒会。爷爷暗自庆幸。他说，因为晚上还需要保持清醒呢。

晚餐以后，爷爷抱起奶奶穿过草地。在他们身后，所有人都在唱：

"噢，我在郁金香花园等你，
你快些儿过来，
趁郁金香花儿正在盛开……"

这是在新人离开时必唱的歌曲。这其实只是一个玩笑，好像爷爷奶奶真要离开，直到第二年春天郁金香开花时才会回来一样。

爷爷就这样抱着奶奶，一路走过草地，穿过树林，来到空地上的袖珍新房。他抱着她进了房门，刚朝屋里扫了一眼，就哭出声来。

“这些年来，”奶奶告诉我，“我只见你爷爷哭过五次。一次就是他抱着我走进新房的时候。其他几次，是我们的每个孩子出生的时候。”

爷爷抱着奶奶进入新房之所以哭，是因为他看见卧室中间放上了他父母的大床——这张大床一直是他父母的睡床，迎接了爷爷和他的每个兄弟。他终于明白，婚宴上父亲和兄弟们突然消失，原来是为了把这张床搬到新房里来。爷爷的老猎兔犬萨蒂趴在床脚摇头摆尾，喉咙里发出咕噜噜的声音。

故事结束时，爷爷总是说：“那张床陪伴了我整个一生，我将来要在那张床上终老。这样，这张床就会知道我的每一件事。”

因此，我们去爱达荷州途中的每个晚上，爷爷都会拍拍汽车旅馆的床，念叨着：“好了，这虽然不是我们的婚床，但我看它也还成。”

他说这句话的时候，我总是躺在旁边床上，寻思着我是不是也要有一张他们那样的婚床。

13

活力十足的伯克威

到了给爷爷奶奶讲伯克威老师的时候了。

伯克威老师教我们英语，个性非常奇特。刚转入这所学校的第一天，头一回见到他时，我不知道该如何评价他。我想，在他大脑的“阁楼”里，也许住着几只松鼠。他属于那种精力充沛的老师，对自己的学科爱得要命，总是在教室里引人注目地跳上跳下，还喜欢挥舞双臂，不是抓自己的胸口，就是拍别人的后背。

他爱说，“真有才”“棒极了”“妙极了”。他身材高挑瘦削，一头浓密的黑发使他看上去像个土著。但他那双深邃的、奶牛似的褐色大眼睛总是闪闪发光（就像本那样），当他注视你的时候，你会觉得他人生的全部目的似乎就是站在那儿听你说话，整个世界唯你独尊。

第一堂课上到一半，伯克威老师问我们是否带来了暑假日记。我听得一头雾水。看到一些同学开始疯狂地点头，伯克威老师张开双臂说：“太棒了！真让我高兴！”他在过道里夸张地前后走动，把大家的日记收上来，仿佛那些日记都是天赐的食物。他对每一个交日记的同学说：“谢谢你！”

因为没有写日记，我感到非常不安。

玛丽·卢的课桌上放着六本日记。六本！伯克威老师说：“我的天，谢谢你。你难道是——莎士比亚再世？”他把日记清点了一遍：“六本！太有才华了！好极了！”

克里丝蒂和梅甘组建了一个二人俱乐部，代号GGP（且不管这代表什么）。此刻，二人正在教室的另一边小声议论着什么，还边说边向玛丽·卢的方向露出不怀好意的表情。当伯克威老师伸手来拿日记时，玛丽·卢用手护在日记本上方，小声说：“希望您别看这些日记。”

“什么？”伯克威老师压低声音问道，“别看这些日记？”整个教室鸦雀无声。可一眨眼的工夫，伯克威老师就敏捷地把这些日记本揽到了怀里。他说：“别担心，在我这里，你脑袋里想的东西会很安全。真是才华横溢！谢谢了！”

另一个女孩贝丝·安看上去就像要哭出来了。菲比朝我递了个眼色，表示她也不是很乐意。我想，她们都希望伯克威老师不会真的去读这些日记。

伯克威老师还在到处走动，边走边夺走大家的日记本。亚历克斯·奇维的日记封面全是篮球贴画，克里丝蒂和梅甘的则画上了男模。本的日记封面是一幅卡通画，画的上方是一个正常男孩的脑袋，但男孩的四肢却是铅笔，顺着手指头和脚指头的方向还写了几个字。

老师来到菲比旁边，拿起她那没有装饰的日记本，打开偷看了一眼。菲比紧张得几乎就要滑到椅子下面去了。“我写得不多，”菲比说，“其实，我根本不太记得都写了些什么。”伯克威老师只是说：“真漂亮！”又接着往前走。

他来到我的课桌旁边，我的心狂跳不已，似乎就要从胸口蹦出来了。

“可怜的孩子，”他说，“你还没有机会写日记呢。”

“我新来不久——”

“新来的？那多好啊！”他说，“在这个广阔的世界，没有什么比新人更好的了！”

“所以，我不知道要写日记——”

“别担心！”伯克威老师说，“我会考虑的。”

我不明白他的意思。我以为他会给我额外布置超级多的家庭作业。在这天剩余的时间里，你能看到大家三五成群地聚在一起，互相打听：“你有没有写到我？”我很庆幸自己什么也没写。

放学后，我和菲比、玛丽·卢、本一道回家。他们都因为伯克威老师收走了日记而心神不宁。“难道他不让人觉得可怕吗？”他们说。到了我家的街角处，我转身离开时，本对菲比说：“嘿，‘自由的蜜蜂’，你日记里有没有写到我？”

接下来有一段时间，我们没有再听说日记的事情。对这些日记将会带来的烦扰，我们真是完全没有料到。

14 杜鹃花

周六,我又来到菲比家。她爸爸去打高尔夫了,她妈妈也有事要出门。温特博特姆夫人给我们读了一长串的清单,让我们知道紧急情况下在哪里可以找到她。因为不想把我和菲比留在家里,她还差点取消了出门计划。菲比答应锁好所有的房门,而且不会为任何人开门。还有,不管听到什么声响,我们都会立即报警。"你们报警之后,"温特博特姆夫人说,"记得打电话给卡达芙夫人。我想她今天都会在家,要有什么事她马上就能过来。"

"噢,当然会。"菲比小声对我说,"给谁打电话也不会打给她。"

只要有什么风吹草动,菲比就想象那是疯子正要潜入她家,或者是送信人蹑手蹑脚把另一个装有匿名便条的信封放到了房门前。看她总是这么提心吊胆,我也开始感到惴惴不安。

她妈妈离开后,菲比说:"卡达芙夫人上班的时间很奇怪,不是吗?有时候她整个星期都上夜班,到大家睡醒的时候才溜回来;可有时候她又上白班。"

“她是护士，所以我想她会在不同的时间值班。”我说。

那天卡达芙夫人待在家里，在花园里优哉游哉地消磨时间。我们在菲比卧室的窗户后面偷偷地看。其实，说她在消磨时间也不是很恰当。她更像是在不遗余力地挥刀猛砍。卡达芙夫人把树枝砍下来，拖到一个地方，和她上周砍下来的一大堆树枝堆放到一处。

“我跟你说过，她强壮得像头公牛。”菲比说。

接下来，卡达芙夫人又把她房子边上的一丛玫瑰砍断剁碎——可怜的玫瑰，然后把紧邻菲比家院子这一侧的树篱笆顶部修剪一番。接着，她走到一片杜鹃花丛旁，朝花丛又是一通猛砍。这时，一辆汽车驶入她家的车道，一个满头浓密黑发的高个子男人从车上跳下来。这人一看见卡达芙夫人，就蹦蹦跳跳地来到她身边，和她相互拥抱。

“噢，不会吧。”菲比说。那个长着浓密黑发的男人竟是伯克威先生，我们的英语老师。卡达芙夫人指指杜鹃花丛，又指指斧头，但伯克威老师摇了摇头，很快走进了车库，回来时手里拿了两把铁锹。他们围着花丛四周的泥地，一会儿挖掘，一会儿刨坑，一会儿铲土，直到这棵可怜的杜鹃花颓然倒地。卡达芙夫人和伯克威老师把花丛拖到了院子另一侧的土堆旁边。

菲比家的门铃响了起来。“你陪我去。”菲比说。

“可是我还想看看卡达芙夫人和伯克威老师呢。”

“我可不敢一个人去开门。”菲比说。

我只好和她一起去。我们从窗户往外看。

“外面没有人。”我说。

“我们不能开门。”

“可是外面没有人。”我说着猛地拉开门,前廊没有人。我把一只脚从屋里踏上前廊,探出头朝左右的街道看了看。

“快!”菲比说,“快回到屋里来!也许有人藏在灌木丛里面。”

我把脚收进屋里。我们关好门,上了锁。等我们又回到菲比的房间时,只见卡达芙夫人和伯克威老师正在把杜鹃花重新种到地里。

“说不定花丛底下埋藏了什么东西。”菲比说。

“比如说?”

“比如死人。说不定伯克威老师帮忙把她丈夫剁碎埋到地里,说不定他们还不放心,为了伪装现场,才决定把杜鹃花移植到这个土堆上来。”

我当时一定是一副不敢苟同的表情。菲比说:“莎尔,这可谁也说不准。另外,莎尔,我认为你或你爸爸不应该再去她那里。”

对这一点我倒是深有同感。两天前我和爸爸还去过玛格丽特·卡达芙夫人家,当时我简直坐立不安。我开始注意到卡达芙夫人家里那些吓人的东西:令人惊恐的面具,古老的宝剑,还有名为《莫格街谋杀案》《头骨与短柄斧头》的图书。玛格丽特还把我逼到一个角落,问我:“莎尔,关于我,你爸爸跟你说过些什么吗?”

“什么也没说。”我回答。

“噢。”她听上去有些失望。

在玛格丽特家，爸爸的举止也总是很异常。在自己家里，我有时会发现他坐在床上，两眼盯着地板，或是翻看过去的信件，或是凝视影集，神情落寞而凄凉。但一到玛格丽特家，他总是微笑，有时还会大笑。有一回她碰到他的手，他竟任由她把手放在他的手背上。我可不喜欢这样。我不愿看爸爸难过，但当他难过的时候，我至少能确定他是在想我妈妈。因此，当菲比提醒我和爸爸不应该再去玛格丽特家时，我很赞同她的意见。

菲比的母亲办完事情回到了家里。她的状态看上去很糟，不停地抽鼻子、擤鼻涕。菲比问她是不是病了。

温特博特姆夫人看了看菲比，又直视着我，说："没有。我想只是有些过敏。"

菲比说我们要去写作业了。上楼时，我说："也许我们应该先帮忙把她买回家的食品什么的收起来。"

"所有的事情，她都喜欢自己一个人做。"菲比说。

"你确定吗？"

"当然。"菲比说，"我生下来就一直住在这里，不是吗？"

我问菲比她妈妈是否真有过敏症。

"哎呀，好了，莎尔。如果她说她过敏，我想那就是真的。她不是那种会说谎的人。"

"也许有什么事不对劲吧？也许她有什么烦心事。"

"那你认为她会说吗？"

"也许她不敢说。"我答道。我不知道，为什么我那么容易看出菲比的母亲忧心忡忡，可菲比却看不出来——或许她也看出来了，却不愿放在心上。也许她不想关心这件事。也许这是一件很可怕的事。我开始回想,我与妈妈在一起时,是不是也有类似的情形,是不是也有什么事被我忽略了。

菲比坐姿笔直,对我说:“莎尔,我能向你保证,我妈妈要是有什么烦恼,她不会害怕告诉我们。到底有什么事会让她不敢说?你知道,我们家的人又不是疯子。”

那天下午晚些时候,我和菲比下楼时,温特博特姆夫人正在和普鲁登丝说话。“你觉得我过的是一种微不足道的生活吗?”她问。

“你这是什么意思?”普鲁登丝一边磨指甲一边反问,“家里有指甲油清洗剂吗?”

菲比的母亲起身去洗手间找来一瓶指甲油清洗剂。“我想知道的是,”她说,“你是不是这么看——”一看见我和菲比,她便把没说完的话咽了回去。

“噢!”普鲁登丝对她妈妈说,“趁我还没忘记——你能不能帮我把裙子的下摆缝一下,我明天好穿去上学?噢,求你了。”普鲁登丝头歪向一侧,用力地拉扯自己的头发,动作和菲比一模一样。她紧抿双唇,不高兴地噘着嘴。

到了厨房,我问菲比:“普鲁登丝不会缝纫吗?”

“她当然会。”菲比说,“你为什么问这个?”

“我只是搞不懂,她为什么不自己动手把裙子缝好。”

“莎尔,”菲比说,“我这样说你可别介意:我觉得你变得越来越挑剔了。”

在离开菲比家之前,我看见温特博特姆夫人把刚缝好下摆的裙子递给了普鲁登丝。回家的路上,我一直试着去理解温特博特姆夫人所说的“微不足道的生活”。这句话的含义是什么？假如她不喜欢烤馅饼、打扫房间、跑去取指甲油清洗剂、缝裙子下摆这些琐事，她为什么要去做？她为什么不让她们自己也承担一些？也许，她害怕自己会无所事事，不再被人需要；害怕大家会当她不存在，没有谁会去关注她。

那天我回到家，爸爸递给我一个包裹：“这是玛格丽特给你的。”

“里面是什么？”

“我不知道。你为什么不打开看看？”

里面是一件蓝色运动衫。我把它放回盒子，上楼回到自己房间。爸爸跟在后面问：“莎尔，莎尔——你喜欢吗？”

“我不想要。”

“她只是想表示——她喜欢你——”

“她喜不喜欢我，我全不在乎！”

爸爸站在那里，环顾着房间。“关于玛格丽特，我有些事想告诉你。”

“行了，我可不想听。”我说。我脾气坏到了极点。爸爸离开房间以后，我还能听见自己的声音在说：“我不想听。”我这才发现，我听上去和菲比没什么两样。

15

水蝮蛇的快餐

南达科他州的天气热得像火烤一样。在苏福尔斯城的时候，爷爷脱掉了衬衫，我开始有点担心。经过米切尔城时，奶奶把裙子的纽扣解开到了腰际。到了张伯伦城外，爷爷驶离了高速公路，绕道来到了密苏里河畔，把车停到了沙岸的树荫底下。

爷爷奶奶踢掉鞋子，站到了水里。四下里静悄悄的，天热得让人受不了。除了上游的某个地方传来几声乌鸦的啼叫和远处公路上传来的汽车声，什么声音也听不到。热风扑面而来，我的长发就像一块又热又重的毛毯紧贴在脖子和后背上。由于天热，河畔的空气中弥漫着石头和泥土被太阳无情炙烤后发出的气息。

奶奶把裙子向上拉过头顶，爷爷解开皮带让长裤滑落到地上。他们朝对方踢水，又用双手把河水掬起来，让水顺着脸向下流淌。他们走到齐膝的水里，索性坐在了水中。

“快来啊，小亲亲！”爷爷招呼我。

奶奶喊道：“真是太痛快啦！”

我顺着河流上下张望，视线范围内荒无人烟。河水看上去凉爽而明净。爷爷奶奶坐在水中,笑逐颜开。我也走进水里坐了下来。下有流水潺潺,上有晴空万里,沿岸树木摇曳,令人恍然如置身天堂。

我的长发在河水里漂荡。我妈妈也曾像我一样,有一袭乌黑的长发,但在离开我们前一个星期,她剪成了短发。爸爸对我说:“莎尔,你可不要剪发。求你了,不要剪。”

妈妈说:“我知道你不喜欢我剪掉长发。”

爸爸说:“我可没有说你。”

“但是我知道你是这么想的。”她说。

“我喜欢你的头发,苏格。”

我把妈妈剪下的头发收了起来。我将厨房地板上的头发扫到一起,收到一只塑料袋里,藏到我房间的地板底下。它至今还在那里,和妈妈寄来的明信片放在一起。

当我和爷爷奶奶坐在密苏里河水里的时候,我努力不去想那些明信片,只想尽情享受这高远的天空和凉爽的河水。如果不是那只让人讨厌的乌鸦嘎嘎叫个不停,这一切该是多么完美啊。“我们会待很久吗?”我问。

这时,不知从哪里钻出来一个男孩。爷爷最先看见他,小声对我说:“到我后边来,小亲亲。”又对奶奶说:“你也过来。”男孩约十五六岁,黑头发乱蓬蓬的,穿着蓝牛仔裤,打着赤膊,古铜色的胸部肌肉很发达。他手持一把长长的博伊刀[①],刀鞘系在腰带上。他就站在岸上爷爷的裤子旁。

此时,我不禁想起了菲比。假如她在这儿,一定会警告

① 博伊刀(bowie)于19世纪30年代由美国边境的英雄吉姆·博依发明,在美国有重要的地域和历史意义。刀具设计得极具搏斗性和攻击性。

我们：这个男孩是个疯子，他会把我们砍成碎片。我多希望我们没有在河边停留，多希望爷爷奶奶能更加警惕。也许我们应该多像菲比那样，处处都能看到潜在的危险。

男孩盯着我们。爷爷招呼他说："你好！"

男孩说："这儿是私人地产。"

爷爷看看四周："是吗？我可没看见标志啊。"

"这就是私人地产。"

"凭什么呀，真是活见鬼了。"爷爷说，"这是一条河，我还从没听说过哪条河是私人地产呢。"

男孩从地上拾起爷爷的长裤，把手伸进一只口袋。"我脚下的河岸是私人地产。"

我心生恐惧，希望爷爷有所行动。但爷爷看上去面无惧色。他说话的声音听起来像天不怕地不怕，不过，他正一点点向我和奶奶靠近。我感觉到，他也不是一点都不担心。

我在河床里摸索着，挖出一块扁平的石头，朝水面打了个水漂。男孩紧盯石头，数着起落的次数。

一条蛇沿着河岸滑行，随后潜入水中。

"看见那棵树没有？"爷爷指着离男孩不远处一棵斜倒向河心的老柳树。

"看到了。"男孩边说边把手伸进裤子的另一只口袋。

爷爷说："看到那颗树上的树节洞没有？让你看看我们的小亲亲怎么对付它。"说完，他朝我递了个眼色。他颈上的青筋凸显出来，都能看见里面的血在奔流。

我在水底摸索，又挖出一块边缘像锯齿的扁平石头。在河岸镇的游泳池里，我已经练习过一百万次了。我向后伸展手臂,用力把石块扔向那棵树。石块的边缘嵌进了树洞里。男孩不再翻腾爷爷的裤兜,转而直直地看着我。

奶奶一边喊道:“噢!”一边用力拍水。她弯下腰,从水里拽上来一条蛇。她困惑地看着爷爷:“这是条水蝮蛇,对吗?”蛇不停地扭动挣扎,想回到水中。“我确信它已在我腿上吃了顿快餐。”她瞪着爷爷说。

男孩站在岸上,手里握着爷爷的钱夹。爷爷抱着奶奶从河里向岸上走去。“你能把那玩意儿扔掉吗?”他对奶奶说——奶奶手里还紧抓着那条蛇呢。爷爷又叫我:“小亲亲,你也快上来。”

爷爷把奶奶抱到了岸上,男孩走过来,跪在奶奶身边。“你带了刀,真是太好啦!”爷爷说着取过博伊刀,把奶奶腿上的伤口切开,血汩汩地流到了奶奶的脚踝。爷爷跪下来吮吸伤口。男孩说:“让我来吧。”说完,他用嘴对着奶奶的伤口,吸了吐掉,再吸再吐。奶奶的眼皮一阵颤动。

“你能带我们去医院吗?”爷爷问。

男孩吐掉嘴里的血水,点点头。爷爷和男孩把奶奶抬到车里,安置在后座上。我一把抓起他们放在河岸上的衣服。我们把奶奶的头放在我的膝上,把她的脚放在男孩的膝上。男孩自始至终一直在对着奶奶的伤口又吸又吐。在这期间,他还负责指明医院的方向。奶奶则紧紧抓住我的手。

爷爷抱着奶奶走进医院时,身上还穿着那条湿漉漉直往下滴水的拳击短裤。男孩仍然不停地吮吸伤口。

奶奶在医院里住了一个晚上。在候诊室里,那个河岸上的男孩手脚张开躺在椅子上。我递给他一张纸巾:“你嘴上还有血迹呢。”我又递给他一张五十元的纸币：“我爷爷让我给你的，他现在只有这么多了。他让我谢谢你。他本来要亲自来的，但我奶奶身边离不开人。”

他看着我手里的五十元钱，说：“我不需要什么钱。”

“你不用待在这里。”

他朝候诊室里四下看了看：“我知道。”他又看着别处，说：“我喜欢你的头发。”

“我还想着要剪短它呢。”

“别剪。”

我在他边上坐下来。

他说：“那里并不是私人地产。”

“我也觉得不是。”

稍后，我进去看奶奶，她整个蜷缩在病床上，脸色苍白，昏昏欲睡。她旁边是一张很窄的床，爷爷躺在床罩上，抚摩着奶奶的头发。护士进来了，要他从床上下来。他现在已经穿上了长裤，但看上去疲惫不堪。

我问奶奶感觉如何。她眨了几下眼睛，说：“尿尿。”

爷爷说：“他们肯定给她吃了什么东西，她不知道自己在说些什么。”

我弯下腰，贴近奶奶的耳边小声说：“奶奶，您可别丢下我们啊。”

“尿尿。”奶奶说。

护士离开病房后，爷爷又爬上那张小床，躺在奶奶的身边。他拍拍床。“好啦，”他说，“这虽然不是我们的婚床，但我看它也还成。”

16 会唱歌的树

第二天早上，奶奶就出院了。这主要归功于她太难伺候了。爷爷本打算让她多待一天。他问医生："你不觉得她的呼吸还很奇怪吗？"医生说，他认为这不是蛇伤引起的，而是因为发热。医生还说，她因为受了惊吓，才显得脸色苍白。

奶奶突然起身下了床。"你们知道，我不是隐身人。你们非得这样说话吗，就当我不存在似的？"她的呼吸又急又粗。她说："我的内衣呢？"爷爷和医生都看着她。她走了两步，又停了下来。看得出来，那条伤腿还不听使唤。"莎拉曼卡，你能从我的衣箱里找两件干净内衣来吗？"

"我猜这个倔老太婆是想出院了。"爷爷说。

我想，恐惧让我们的脾气都变得有一点乖张。我整晚都待在候诊室，想方设法在那张又旧又破的沙发上睡上一觉。爷爷提出要给我在汽车旅馆找个房间，但我非常害怕离开奶奶。我有一种感觉，似乎我只要离开医院，就再也见不到奶奶了。我们在河边遇到的那个男孩蜷着身子躺在椅子上，我想他也没能入睡。他起身去打过一次电话，我听见他说："是的，我和几个朋友在一起，早上会回家。"

早上六点，男孩把我叫醒，说他已问过奶奶的情况，医生说她好多了。"那我要回家了。"他递给我一张纸条，"这是我的地址——万一你想写封信什么的。"

"噢。"我说。

"如果你不想写，我也能理解。"他说。

我打开纸条："你叫什么名字？"

他笑了："噢，是的，对了。"他接过纸条，在上边写了几个字。"再见。"他说。

他走后，我看了他的名字：汤姆·弗利特。很普通的名字。

我们结完账离开医院时，我问爷爷是不是应该给爸爸打个电话。爷爷说："好了，现在，小亲亲，我也想过，但这只会让他担心。如果我们的小醋栗还在住院，我会打电话的，但我们已经准备重新上路了。你的意见呢？你觉得我们能到了爱达荷州再打给他吗，省得让他那么担心？"

爷爷说得在理，但也令我失望。我本来打算给爸爸打电话。我非常渴望能听到他的声音，但也担心这会让他来与我会合。

上了车，爷爷把一个箱子放到车的地板上，再把他的夹克搭在上面。"这个脚凳怎么样？"他问。他帮奶奶坐进车里，把她的伤腿放到衣箱上垫高。"医生说，你应该把这条腿垫得高些。"

"我知道，"奶奶说，"我听见他说了。你知道，那条蛇又没咬掉我的耳朵。"

我听到一只鸟儿的啼鸣。这叫声是如此熟悉,我停下来聆听,想知道声音是从哪里来的。停车场边上是一圈杨树。这里竟然也有杨树,这让我大吃一惊,因为南达科他州不像是这种树生长的地方。鸟鸣声来自一棵杨树的顶端,这让我立即想起河岸镇那棵会唱歌的树。

在牲口棚旁边,有我最喜爱的糖枫树。糖枫树边上是一棵高高的白杨,在树林里显得有些卓尔不群。农场上其他杨树都长在果园的河边。我小时候听过的最动人的鸟鸣就来自那棵高高的杨树。那不是鸟叫,那是真正的鸟儿之歌,歌声里间或有颤音和柔声,音阶高低起伏,形成优美的旋律。我在树下伫立良久,想看一眼那只唱歌的鸟儿。但我什么也没看到,只有树叶在微风中颤动。我盯着树叶的时间越长,就越发觉得是那棵树自己在歌唱。每次经过那棵树,我都会驻足聆听。它有时唱歌,有时沉默,但从那时起,我总是把它叫作“会唱歌的树”。

知道妈妈不再回家的第二天,爸爸一早就动身去了爱达荷州路易斯顿市。我恳求同去,但爸爸没答应,而是让爷爷奶奶住过来陪我。那天,我爬上糖枫树,观察那棵会唱歌的树,等待它再展歌喉。我整天待在那儿,直到薄暮时分,那棵树再也没有唱歌。

夜幕降临,爷爷在树底下放了三只睡袋。爷爷奶奶和我在那儿睡了一宿,但那棵树仍然一言不发。

在医院的停车场,奶奶也听见了树在唱歌。“噢,莎拉曼卡,”她说,“一棵会唱歌的树!”她拽了拽爷爷的袖子。

“瞧，会唱歌的树。这可是个好兆头，你说是不是？好像这棵树一直跟着我们，从河岸镇一路跟了过来。噢，这真是个好兆头。”

在医院停车场，我又听这棵树唱了几分钟，然后才钻进了汽车。

我们飞快地穿过南达科他州，向着荒原前进。回荡在我耳畔的低语声不再提醒“快点，快点”或“赶紧，赶紧”，而是变成了“慢些，慢些”。我不知道这意味着什么。这听起来像是某种警告，但我没有那么多时间去思考，因为我正忙着讲菲比的故事。

17 一生的旅程

我和菲比看见伯克威老师和卡达芙夫人移植杜鹃花之后的一天，放学后我和菲比一道回家。她就像一头三条腿的骡子一样想入非非、闷闷不乐。我也搞不清她是怎么了。她问过我，为什么我从不和我爸爸讨论卡达芙夫人和伯克威老师的事。我告诉她，我只是在等合适的机会。

“昨天你爸爸又去了那儿，”菲比说，“我看见他了。他最好当心些。”

其实我也很担心。我决定当晚就提醒爸爸。

“你会怎么办，”菲比说，“假如卡达芙夫人把你爸爸剁碎？你会去哪儿？你会去和你妈妈一起生活吗？”

她的问题让我很吃惊。我这才想起来，我还从没对她说过我妈妈的事。我不知道为什么会这样做——我说：“是啊，我想我会去和她一起生活。”那是不可能的，我自己也知道，但出于某种原因，我不能告诉菲比，所以就说了假话。

“你看上去并不是很担心。”菲比说，“要是我爸爸开始去卡达芙家，我肯定会很担心。”

我们进屋的时候，菲比的妈妈正坐在厨房的桌子旁边，面前是一盘果仁巧克力饼。她正在擤鼻涕。“噢，小甜心，”她对菲比说，“你吓我一跳。”看我们把书本倒在一张椅子上，温特博特姆夫人问：“怎么样啊？”

“什么怎么样啊？”菲比反问。

“哎，甜心，当然是说上学啦。上学怎么样？上课怎么样？到底怎么样啊？”她又擤鼻涕了。

“都还行啊。”

“还行？只是还行吗？”温特博特姆夫人突然弯腰，亲了菲比的脸颊。

“你知道的，我又不是婴儿。”菲比说着，擦了擦脸上被亲的地方。

温特博特姆夫人看了我一眼，说：“知道了，菲比。”

菲比踢掉的鞋子碰到了桌子。“我想，你现在还不会给我买双新的便鞋吧？”

“买新鞋吗？为什么？甜心，我们刚给你买过一双啊。”她低头看看菲比的鞋。“鞋子不合脚吗？”

“有点紧。”菲比说。

“也许穿穿就能撑大一些。”

“我可不这么认为。”

温特博特姆夫人把刀尖插进果仁巧克力饼。“你来一个吗？”她问。

“烤得有点焦了，不是吗？”菲比说，“再说，我也太胖了。”

“噢，甜心，你不胖。”温特博特姆夫人说。

“我胖。”

“不，你不胖。”

“我就是胖，就是胖，就是胖！”菲比朝她妈妈喊道，“你不用非得为我烤饼。”她接着说：“我就是太胖了。而且，你也没必要坐在这儿等我回家，我已经十三岁了。”

菲比冲上楼去了。温特博特姆夫人递给我一块饼，于是我在桌边坐下来品尝。这又让我想起妈妈离家前夕发生的事。那是她在家的最后一天，但我当时还毫不知情。妈妈问我想不想陪她去地里走走。外面下着毛毛细雨，而我正在埋头清理书桌，打心底里不愿出门。“也许过一会儿吧。”我总是这么回答。她差不多第十次问我时，我说：“不，我不想去。你为什么老是不停地问我？”我不知道自己为什么会这样。我真不是有意的，但这竟成了我留给她的最后的记忆之一。我多希望时光能倒流啊。

菲比的姐姐普鲁登丝快步进了屋，“砰”的一声关上身后的房门。“我搞砸了，我就知道！”她哭着喊道。

“噢，甜心。”她妈妈说。

“我搞砸了！”普鲁登丝说，“砸了，砸了，砸了。”

“普鲁登丝，你爸爸可不喜欢你用‘搞砸’这个词。”

“为什么？”普鲁登丝问。

温特博特姆夫人看上去又累又难过。“噢，我不知道，”她说，“我想他认为这个词听起来不太——得体。”温特博特姆夫人一边心不在焉地把巧克力饼烤焦的地方剔掉，一边问普鲁登丝，是不是还有再次参加啦啦队选拔的机会。

“是的，就在明天。但我想我还会搞——”

她妈妈说："也许我会跟你去看看。"看得出来，温特博特姆夫人想从自己可怕的悲伤情绪里跳出来，但普鲁登丝没有察觉。普鲁登丝有她自己的"议程"，就像妈妈想要我陪她散步的那天，我有自己的"议程"一样。我当时也没有察觉妈妈的悲伤。

"什么？"普鲁登丝问道，"跟我去看看？"

"是啊，那样不好吗？"

"不要！"普鲁登丝说，"不要，不要，不要。你不能去。那太可怕了！"

"可怕？"温特博特姆夫人问。

"可怕，可怕，可怕。"

我正在想，为什么她没叫普鲁登丝去投湖。温特博特姆夫人的眼泪夺眶而出，随后她离开了桌子。普鲁登丝愤怒地看着我，跺着脚离开了厨房。我独自坐在那儿，茫然地看着周围的墙壁。我听见前门打开又关上，菲比在叫我的名字。她走进屋子，扬了扬手里的白信封："你猜，门前台阶上是什么？"

温特博特姆夫人走过来，接过信封。"你打开了吗？"她问菲比。

"还没有。"

"我来打开。"菲比的妈妈说。她把信封翻过来掉过去看了又看，然后才慢慢地拆开。一张纸片滑落出来。她把纸片拿得很近，我们看不见上面的字。

"好了吗？"菲比也要看。

"噢，"温特博特姆夫人说，"这是谁干的？"她把纸片递过来。上面写着：

在整个人生旅程中，它真的很重要吗？

普鲁登丝也加入进来。“这到底是什么意思？”她问。

她妈妈说：“这些东西是从哪儿来的？”

“我真的不知道。”菲比说。

普鲁登丝很泄气地坐在沙发上。“行了，我向你保证，我还有更重要的事情要担心。我知道我会把啦啦队选拔的事搞砸，我就知道。”

她没完没了地说，直到菲比打断她：“哎呀，普鲁登丝，在整个人生旅程中，它真的很重要吗？”

一瞬间，温特博特姆夫人的大脑仿佛被什么东西一下子击中。她用手掩着嘴，看向窗外。然而，对普鲁登丝和菲比来说，她只是个隐身人，完全引不起她们的关心。

普鲁登丝说：“刚才那句话是什么意思？”

菲比说：“我也正在想呢。那些选拔赛有什么大不了的？五年以后你还会记得吗？”

“是的！”普鲁登丝说，“是的，我肯定会记得。”

“那么，十年呢？十年后你还会记得吗？”

“我还会！”

回家的路上，我想起这条格言。“在整个人生旅程中，它真的很重要吗？”我念了一遍又一遍。奇怪的是，这条格言刚刚送到，菲比就发现了它的用途。我琢磨着这个神秘的送信人，进而琢磨整个人生旅程中那些并不重要的事情。我认为啦啦队选拔赛并不重要,鞋子有点紧也不重要。我不知道冲自己的妈妈大喊是不是重要,我不太肯定。但我知道,如果你的妈妈离开了你,那将会对你整个漫长的人生旅程产生十分深远的影响。

18

好人

我应该来聊聊我的爸爸。

给爷爷奶奶讲菲比的故事时，我说到爸爸的时候不多。爸爸是他们的儿子，他们比我更了解他。而且，正如奶奶常说的那样，我爸爸是他们的生命之光。除了我爸爸，爷爷奶奶膝下曾有另外三个儿子，一个因拖拉机翻车丧命，一个滑雪时撞到树上遇了难，第三个则因跳下冰冷的俄亥俄河救他最好的朋友而身亡（朋友得救了，他自己失去了生命）。

就这样，爸爸是硕果仅存的一个。但就算其他儿子都还在世，爸爸仍然是爷爷奶奶的生命之光，因为他是一个温和、诚实、简单的好人。我说的简单并不是指头脑简单，而是指他喜欢简单朴实的事物。他最喜欢的衣服是穿了二十年的法兰绒衬衫和蓝色牛仔裤。到了欧几里德市，因为新工作需要买白衬衫和衣服，那就像要他的命似的。

他热爱农场，因为在那里可以置身于真正的空气中。他干活从不戴手套，因为他喜欢触摸泥土、树木和动物。我们搬家后，从事办公室工作对他来说是一件痛苦的事，他不喜欢被关在室内，因为没有真实的东西可以触摸。

我们十五年来一直用同一辆车，一辆蓝色的雪佛兰。他舍不得抛弃这辆旧车，因为车上每个部位他都抚摩、修理过。我还想，这辆车如果被卖掉的话，可能过不了多久就会被人送到废品站——这是爸爸无法忍受的。他痛恨将车报废这种事。他经常到废品站巡视，摸摸那些废弃车辆，淘回些旧发电机和化油器，自得其乐地把它们清洗干净，再派上用场。爷爷向来对机械不太拿手，所以在他眼里，我爸爸就是天才。

妈妈说爸爸很好，她说得没错。他总会琢磨出一些细小的事情，让别人高兴一番。这让妈妈很抓狂。我想，这是因为她不甘心落在爸爸后面。但这是爸爸与生俱来的自然禀赋，而她却并非先天就有。爸爸下地看见一株开花的灌木，想到奶奶可能喜欢，就会把它连根刨起，径直送到奶奶的花园，重新种上。如果下雪，他会天一亮就起来，深一脚浅一脚地跑到爷爷奶奶的住处，把他们车道上的积雪铲得干干净净。

如果他进城去买农用物资，总会给妈妈和我带些东西回来。那都是些小物件——一条棉布围巾，一本书，一块玻璃镇纸。但不管买回家的是什么，都是那么合人心意，就像是我们自己去选中的一样。

他平时不喝酒，但是偶尔也会来瓶威士忌，和爷爷相对小饮几盅。我从来没见他发过火。妈妈告诉他："有时我真觉得你不是凡人。"就在离家之前不久，她还说过这样的话。她似乎想让爸爸变得自私一点，不要那么好。这可真让我摸不着头脑。

她离开的前一天，我第一次听她提起离开的话题。她说：“只要一比较，我总会感到如此难受。”

“苏格，事实上你并没有感到难受。”爸爸说。

“你看见了吗？”她说，“你看看，你为什么就连我感到难受也不肯相信？”

“因为你并不是这样的。”他说。

妈妈说，为了清空头脑，驱除盘踞在她心里的所有不好的东西，她需要搞清楚自己是什么样的人。

“你在这儿也可以做到的。”他说。

“我需要独自去完成，”她说，“我不能想事情。我在这里看到的，并不是真正的我自己。我不勇敢，我不够好，我希望有人叫我的真名。我的名字不是苏格，而是善哈森。”

她身心状况不佳，还经受了一些沉重的打击，这都是事实。但我难以理解的是，她为什么就不能跟我们一起，使情况得以改善？我恳求她带上我，但她说我不能缺课，而且爸爸也需要我。此外，她必须自己出门，这也是迫不得已。

我原本指望她会改变主意，或者至少告诉我她什么时候离开。但是她没有。她留给我一封信，解释说如果她开口说再见，那将是难以承受的痛苦，而且听上去像是要离开很久。她想让我知道，她每分每秒都会想我，她会在郁金香花开之前回到我身边。

但是，显而易见，在郁金香花开之前，她没能回来。

她走后，爸爸失魂落魄，这我都看在眼里。但他还是一如既往地做事，吹口哨，哼小曲，为大家准备些小礼物。他不断地把为妈妈准备的礼物带回家，在他们的卧室里摆成一排。

就在知道妈妈不会回来的那天晚上，他无休无止地敲击那面灰泥墙，最后发现了墙后面砖砌的壁炉。第二天，他便乘坐飞机去了爱达荷州路易斯顿市。回来后的三天里，他什么也不干，只是不停地敲墙，直到最后，每一片灰泥都被拆除，每一块砖都被拾掇得干干净净。一些水泥灌浆必须换成新的，我看见他在未干的新水泥上写了妈妈的名字。他写的是善哈森，而不是苏格。

三个星期以后，爸爸打算卖掉农场。这时，他陆续收到卡达芙夫人的来信，我知道他也回信给她。接下来，他让爷爷奶奶过来和我同住。他自己开车去见了卡达芙夫人，回来就说我们要搬到欧几里德去住，在那里，卡达芙夫人已经帮他找了份工作。

我不想知道他是怎么跑去与她见面的，以及他们认识了多久。我完全忽略了她的存在。另外，我自己正在经历怒涛般的情绪爆发。我拒绝搬家。我不想离开我们的农场、我们的枫树、我们的游泳池、我们的猪、我们的鸡，还有我们的干草棚。我不会离开属于我的这片地方，我不会离开这个我坚信妈妈终将归来的家园。

刚开始爸爸并不和我争辩，他让我像头野猪似的为所欲为。后来，他摘下“农场待售”的标牌，改成了“农场待租”。他说他会把农场租出去，雇人来照料动物和庄稼，我们则到欧几里德租房暂住。农场还是我们的，有一天我们还能回到这里。“但现在，”他说，“我们必须离开，因为你妈妈就像还在这里的田间地头，在空气中，在牲口棚，在每面墙上，在树林里——这让我魂不守舍，日夜不得安宁。”他说，我们决定离开，是为了让我懂得什么叫果敢和勇气。这些话显得多么没有新意啊。

到最后，我已经筋疲力尽，不再发脾气了。我没有帮忙收拾行李。但在离开的时刻，我只能爬进汽车，和爸爸一起迁移到了欧几里德市。我没有感受到果敢，也没有感受到勇气。

当我向爷爷奶奶讲述菲比的故事时，前面这些事都没提，因为他们都已了然于胸。他们知道爸爸是一个好人，知道我不想离开农场，知道爸爸去意已决，也知道他多次想向我解释玛格丽特的事，可我不愿意听。

把农场抛在身后，爸爸带我驱车前往欧几里德市。在这漫长的一天当中，我真希望爸爸不是一个这么好的人。因为，如果他不是这么好，我就可以把妈妈的离开归罪于他。我可不想怪罪妈妈，因为她是我的生母，是我的一部分。

19

缘木求鱼

奶奶问："培比的故事讲到哪儿啦？后来又发生了什么事？"

"醋栗，你这是怎么啦？"爷爷问，"你的脑子也被蛇咬坏了吗？"

"胡说，"奶奶答道，"我的脑子可没坏，我不过是试着恢复记忆。"

"让我们想一想，"爷爷说，"伯克威老师和卡达芙夫人把杜鹃花连根刨起，移植到埋有死人的地面上，然后培比的妈妈烤糊了果仁巧克力饼——"

奶奶接着说："然后培比和她姐姐表现得就像两个被宠坏的孩子，然后她们收到了另一条格言：'在整个人生旅程中，它真的很重要吗？'我喜欢这条格言。"

爷爷问："培比不是想让你告诉你爸爸，卡达芙夫人和伯克威老师砍死了卡达芙先生吗？"

没错，那确实是菲比想让我做的事，也是我想要做的。一个星期天，当爸爸又在看影集的时候，我问他是不是很了解卡达芙夫人。爸爸迅速抬头说："你已经准备好来聊聊卡达芙夫人了吗？”

“是啊，我有些事情想提醒你——”

“我一直想跟你解释呢——”他说。

我立即直奔主题。我要让他警觉，而不是听他解释。“我和菲比看见卡达芙夫人在后园里砍掉那些灌木。”

“那有什么不对劲吗？”他问。

我想换个说法：“她的声音就像风吹过枯死的树叶，头发就像幽灵。”

“这我知道。”

“而且，还有个男人去找他——”

“莎尔，这听上去像监视。”

“还有，我想我们不应该再到她那儿去了。”

爸爸摘下眼镜，用衬衫擦拭了大约五分钟，然后说：“莎尔，你做的这些事，都像是缘木求鱼。妈妈不会回来了。”

他的意思是说，我说这些不过是出于对卡达芙夫人的妒忌。在冷静的爸爸看来，菲比所有那些关于卡达芙夫人的猜测似乎都很愚蠢。

“关于卡达芙夫人，我想解释一下。”爸爸说。

“噢，你别介意，就当我没说好了。我不需要任何解释。”

后来，在写家庭作业的时候，我发现自己在英语书的页边空白处心不在焉地涂鸦。我画了一个怒发冲天、眼神邪恶的女人，她脖子上系了一根绳子。我还画了一棵树，并在树上也画了一条绳子，想吊死她。

第二天上学，当伯克威老师在教室里上蹿下跳的时候，我很仔细地观察他。假如他是凶手，那他一定也是个活泼快乐的凶手。我过去画的凶手都是死气沉沉、闷闷不乐的。我希望伯克威老师会爱上卡达芙夫人，娶她为妻，带她远走高飞，那样我和爸爸就可以回到河岸镇了。

关于伯克威老师，我还发现了一件最令人吃惊的事。他越来越多地让我想起妈妈——或者，至少让我想起了悲伤尚未降临时的妈妈。伯克威老师和我妈妈身上都有一种生动活泼的特点，还有一种高昂的兴致——一种热情——对文字和故事的兴致和热情。

那天，伯克威老师讲到希腊神话，讲到有机会了解那么多希腊神话是如何激动人心。他把崭新的教材发到我们手里，一会儿问："你们喜欢新书的味道吗？"一会儿说："用它们的时候要轻柔，一定要轻柔！"还说："书中自有黄金屋。"

这期间，我的思绪又飘到妈妈那里去了。妈妈热爱书不亚于热爱那些野外的珍宝。她喜欢在口袋里带一两本小书，我们到户外时，她会坐在草地上大声朗读。

妈妈特别喜欢北美土著（她称为"印第安人"）的故事。她知道很多部落的传奇，如纳瓦霍、苏族、塞涅卡、内兹佩尔斯、麦都、黑脚和休伦。她还熟知《雷公》《造物主》《聪明的乌鸦》《狡猾的狼》《影子灵魂》等故事。她最喜欢的，要数那些讲述人们死后化作鸟儿、河流或骏马的故事。她甚至知道一个传说，讲的是一位老武士死后如何变成了一只土豆。

等回过神来，我听见伯克威老师在问："菲比？是菲比吗？你还醒着吗？第二个报告你来做吧。”

“报告？”菲比问。

“瞧你多幸运！你是我们选中的第二个报告人。”

“您是说报告？”

伯克威老师捶捶胸口，对全班说：“很明显，菲比·温特博特姆小姐并没有听我讲报告的事。芬尼先生，也许你能给她解释一下？”

本从椅子上缓慢地转过身子，明亮乌黑的眼睛看向菲比：“这个周五，我要做一个关于普罗米修斯的口头报告。下周一，你要做一个关于潘多拉的。”

“我很荣幸。”菲比嘟哝道。

伯克威老师让我放学后晚走一分钟。菲比朝我递了个警告的眼神。在其他人离开教室的时候，她说：“如果你需要的话，我可以留下来陪你。”

“为什么？”

“因为，莎尔，因为……”

“因为什么？”我问。

“因为他杀害了卡达芙先生，这就是原因。我觉得你不应该单独和他在一起。”

他并没有杀害我，而是给我布置了一项特殊作业：他要我写“迷你日记”。

“我不知道那是什么。”我说。我的肩膀感受到了菲比的呼吸。伯克威老师说，我应该写写自己感兴趣的事。“比如什么？”我问。

“天堂！”他说，“我不知道你对什么感兴趣。只要是你喜欢的，随便什么都行。”

菲比说：“她可不可以写杀手呢？”

伯克威老师说：“天哪！莎尔，那是你感兴趣的事吗？还是你自己对杀手感兴趣呢，菲比？”

“噢，老师，我不感兴趣。”菲比说。

“我想，”伯克威老师对我说，“你不应该想得太复杂了，写你喜欢的事，比如某个地方、某个人。别发愁，想到什么都可以写。”

我和菲比、玛丽·卢、本一起回家。我心里乱作一团，还得想着不管什么时候本碰到我，我都不能退缩。和本、玛丽·卢分手后，当我和菲比拐弯来到她家所在的街道时，我有点漫不经心。我想我已意识到有人正沿着人行道朝我们这个方向走来，但等我真正注意到的时候，这个人离我们已经只有几步之遥了。

这个人就是菲比眼中的疯子。他走过来，两眼直视着我们，到我们面前立即停下脚步，挡住了我们的去路。

“菲比·温特博特姆，对吗？”他问菲比。

她的声音有点尖厉，只是发出了一声“呃……”。

“菲比·温特博特姆，你这是怎么啦？”他说。他的一只手伸进了衣服口袋。

菲比推开他，猛拉住我的胳膊，开始狂奔。“噢——我的——天！”她叫道，“噢——我的——天！”

谢天谢地，我们总算快到菲比家了。这时，他要是胆敢在光天化日下行凶，也许菲比的某个邻居会发现，并会抢在我们失血过多死亡之前把我们送到医院。我其实已经开始相信，他就是个疯子。

菲比使劲拉门把手，但门上了锁。菲比拼命敲门，她妈妈突然把门拉开。“出什么事了？”温特博特姆夫人问。她看上去脸色惨白、摇摇欲坠。

“门上锁了！”菲比问道，“门为什么要上锁？”

“噢，甜心，”温特博特姆夫人说，“只不过是——我想是——”她看看我们周围，又看看街道。“你们看见什么人了吗？是谁吓着你们了吗？”

“是那个疯子，”菲比说，“我们刚才看见他了。”她上气不接下气地说，“也许我们应该报警，或者告诉爸爸。”

我认真地观察温特博特姆夫人。她看上去既不会报警，也不会给温特博特姆先生打电话。我想她比我们更害怕。她跑去把所有的门都锁上了。

那天傍晚没有再发生别的事。等我回家时，那个疯子似乎也不那么让我害怕了。没人报警。而且，据我所知，温特博特姆夫人甚至没有告诉温特博特姆先生。就在我离开她家之前，菲比对我说：“如果我再看见那个疯子，我自己就会去报警。”

20

黑莓之吻

那天晚上，我在琢磨伯克威老师布置的“迷你日记”。到底写什么让我十分为难。首先，我列出了所有我喜欢的东西，发现它们都来自河岸镇——那些树、牛群、鸡、猪、田地、游泳池。这简直是一团乱麻：当我想写其中任何一种事物时，写着写着总会写到妈妈，因为每一件事物都能和她联系在一起。最后，我写了《黑莓之吻》。

一天早上，在农场里，我醒来后看向窗外。妈妈正爬上山坡，向牲口棚走去。雾气笼罩地面，雀儿在房子旁边的橡树上鸣叫。妈妈走在路上，她的腹部因怀孕而向前突出。她慢慢走上山，摇摆着双臂唱道：

“噢，不要爱上航海男孩，
航海男孩，航海男孩——
噢，不要爱上航海男孩，
他会把你的心带向大海——”

妈妈走到牲口棚所在的角落，那里长着一棵糖枫树。

她从一株灌木上采下几颗黑莓，抛进嘴里。然后她环顾四周，目光先回到房屋，再越过田野，又向上仰望头顶茂密的树枝。她快走几步，来到枫树的主干旁边，张开双臂合抱它，还啧啧有声地亲吻了树皮。

这天晚些时候，我去查看了树干。我试着环抱枫树，但它的树干比我从窗口看到的要大得多。我在树干上寻找妈妈的吻痕。或许是出于想象，我自认为看到了一处小小的黑斑——那就是黑莓之吻。

我把耳朵贴近树干倾听。我对着树干用力亲吻。时至今日，我还能闻到树皮的气息——清甜的树木的气息——也能感受到它的皱褶，还能回忆起那长留唇间的奇特味道。

在我的“迷你日记”里，我还坦白地写道：“从那以后，我亲吻了各种各样的树——橡树、枫树、榆树、桦树——它们的味道各不相同。而若有若无的黑莓的味道总是和这些树自己的味道混合在一起。为什么会这样，我也说不清楚。”

第二天，我把这个故事交给伯克威老师。他当时没有读，甚至没有看上一眼，但他说：“不可思议！好极了！”他一边说，一边把我的日记放进他的手提包里。“我会把它和其他日记放在一起。”

菲比问我：“你写到我了吗？”

本也问我：“你写到我了吗？”

伯克威老师在教室里走来走去，神气活现，仿佛在说，有机会给我们教课，对他而言就像到了天堂。他会突然推开窗户，猛吸几口空气，感叹说："啊哈，九月。"他会取出一本书，读一首 E.E. 卡明斯的诗作。这首诗名叫 *the little horse is newlY*[①]，"newlY" 字尾的 Y 之所以大写，只是因为卡明斯先生乐意这样做。

"他很可能从来没上过英文课。"菲比说。

在我看来，这个 "Y" 就像新生的小马在用它又瘦又小的腿脚站立起来。

这首诗讲的是一匹新生的小马驹，它什么也不懂，却又在感知一切。接下来的诗句描写了小马对所有事物都很好奇，它生活在一个"光洁、美丽地折叠起来"的世界。其他的我就基本读不懂了。我喜欢这些诗句。我不知道它们的确切含义，但我还是喜欢。这一切听起来饱含温情，又充满安全感。

如果这一天到此为止，那它也就将和其他上学的日子一样，没什么离奇之处。菲比早早离开学校去看牙医，我一个人回家。我们约好五点钟在她家会合。当本在我身后飞奔过来的时候，我也没怎么介意，因为我心情很好，而且我也并不真想一个人走回家。

我对回家路上发生的事情毫无准备。当然我说的是稍后将要发生的事。开始，我和本不过是走在一起。本说："有人看过你的掌纹吗？"

"没有。"

"我会看掌纹。"他说，"想让我帮你看看吗？"我们正

① 意为"小马驹出世未久"。在标题和正文中，诗人有意打乱拼写和语法规则，制造出一种奇特的效果。

经过一个公共汽车站，人行道上有一张木椅。本说："过来，坐下。边走边看我可不会。"他抓起我的手，盯着看了好一会儿。他的手很柔软，热乎乎的，而我的手心却如同着了魔似的直冒汗。他不停地说"嗯"，同时用食指追踪我的掌纹。这让我战栗，但还不是完全不能接受。太阳火辣辣地照射在我们身上。我想，就这么一直坐在这儿，让他的手指就那样在我的掌心移动，倒也不错。我想到那匹刚出生的小马，它懵懂无知，却又感受到了一切。我想到那个"光洁、美丽地折叠起来"的世界。最后，本问我："你想先听好消息还是坏消息？"

"坏消息。并不很坏，对吗？"

他咳嗽起来："坏消息就是：其实我不会看掌纹。"

我抽开手，抓起书，起身走了。

"你不想知道好消息吗？"本问道。

我继续往前走。

"好消息就是，"他说，"你让我握住你的手差不多有十分钟，但你一次也没有退缩。"

我不知道该怎么看他。他一路陪我走到家，但我还是没对他说一句话。他坐在前廊上。"我不能请你去家里。"我说。

"没事，"他说，"我等你。"

"等我干什么？"

"五点钟你不是还要去菲比家吗？我等你。你不想一个人走去她家吧。我就坐在这儿写作业。"他拿出了神话书。

我进了屋，到处走了走。我从窗户往外看，见他还在那儿。“你在准备神话报告吗？”我说，“我想我也可以坐到外面来准备我的报告。”

他什么也没说。事实上，我们俩都什么也没说。他在看书，做笔记。我也想看自己的书，但和他坐在那儿，我的注意力很难集中。总算该去菲比家了，我不禁长出一口气。

我们经过卡达芙夫人家的时候，有人叫我的名字。最初我没有看见谁在叫我，随后才发现是帕特里奇太太，她正坐在房子旁边草坪的椅子上面。

“您好。”我说。

“那是谁？”本问道。

“帕特里奇太太。她是盲人。”

他向我投来不解的一瞥：“那她怎么知道你是谁？”问得好，但我不知该怎么回答。我敲菲比家的门时，本说：“我现在该走了。”

我快速地看了他一眼，又转向菲比家的房门。但就在我扭头的瞬间，他靠了过来，我确信他的嘴唇亲到了我的耳际，但不能确定他是不是故意的。其实，我对这件事是否真的发生了也拿不太准，因为我还没回过神来，他就已经蹦蹦跳跳地下台阶走了。

门一点点地打开，里面露出了菲比的圆脸。她面色苍白，仿佛受了常人难以想象的惊吓。“快点，”她说，“快进来。”她带我走进厨房。桌上是一个苹果派，旁边放着三个信封：一个是给菲比的，一个是给普鲁登丝的，还有一个是给她们的爸爸的。

"我打开了我的留言。"菲比边说边让我看。上面写着："锁好所有的门，需要什么的时候，给爸爸打电话。我爱你，菲比。" 落款是"妈咪"。

我并没有多想，只是说："菲比——"

"我知道，我知道。这不算可怕，也没有什么大不了。说真的，我的第一感觉是：'噢，不错。她知道我已经长大，可以自己在家了。' 我估计她是出门买东西去了；要么，她或许决定重新出去工作。但下周之前，她还不用回罗基橡胶店工作。可是，后来普鲁登丝回到家，也看了给她的留言。"

菲比给我看了她妈妈给普鲁登丝的留言："请把意大利面调料加热，烧水煮面条。我爱你，普鲁登丝。" 落款是"妈咪"。

我还是没有想太多。"也许她不过是上班要晚些回来。" 我说。

"我不知道，" 菲比说，"我不喜欢。我一点也不喜欢。"

普鲁登丝热好了意大利面调料，煮好了面，我帮着菲比摆好餐具。菲比和我甚至做了一盘沙拉。"我真的有种自立的感觉了。" 菲比说。

菲比的爸爸回来了。"诺玛呢？" 他问。菲比把给他的留言拿给他。他打开信封，坐下来，两眼盯着那张纸片。菲比从他背后看过去，大声地把给他的留言念出来："我不得不离开。我不能解释。我过几天会打电话给你。" 签名是"诺玛"。

我有一种往下沉、往下沉的感觉。

普鲁登丝开始连续问了一百万个问题："她是什么意思？她离家去哪儿？她为什么不能解释？她为什么不能告诉你？她提到这个了吗？过几天？她去了哪儿？"

"也许我们应该报警。"菲比提议。

"报警？有什么用吗？"温特博特姆先生问。

"我想她是被绑架还是怎么了。"

"噢，菲比。"

"我是认真的，"她说，"没准儿家里来了个疯子，把她拉走了——"

"菲比，这可不是闹着玩的。"

"我可不是在闹着玩。说真的，这很可能发生。"

普鲁登丝还在提问："她去了哪儿？她为什么没有提到这个？她没有告诉你吗？她去了哪儿？"

"普鲁登丝，我真的不知道。"她爸爸说。

"我认为我们应该报警。"菲比再次建议。

"菲比，假如她真是被绑架，那个疯子——按你的说法——会允许她坐下来写这些留言吗？嗯？"

"他可能——"

"菲比！别闹了。"他还是坐在那儿盯着留言看。随后他站起来，脱掉外套，解下领带，说："我们吃饭吧。"直到这时，他好像才注意到我在他家。"噢。"他看上去很尴尬，"莎尔，发生这样的事，我真的很抱歉——"

"我得走了。"我说。

到了门口，菲比说："莎尔，我妈妈失踪了。莎尔，请不要告诉任何人。不要告诉任何人。"

回到家，爸爸在看影集，情绪很低落。以往每当我走进房间，他总会很快合上影集，好像被我撞见让他很难堪。可是这一次，过了一会儿，他还没合上影集，看上去好像已经没有力气去做这件事似的。

在影集翻开那一页的照片里，爸爸妈妈坐在糖枫树下的草地上，他的胳膊环抱着她，而她则依偎着他。他的脸紧贴着她的，他们的头发交织在一起。他们看上去珠联璧合，就像是一个人。

“菲比的妈妈出走了。”我说。

他抬头看着我。

“她留下一些便条。她说自己还会回来，但我不信。”

我上了楼，打算准备我的神话报告。爸爸来到门口，说：“一般情况下，人们都会回来。”

现在，我能看出来，他只不过是泛泛而谈，想要给我些安慰罢了。但在当时——那个晚上——对于我一直思考和盼望的事情，爸爸的话仍然给了我一丝微弱的信心。我一直祈祷奇迹会发生，妈妈会回来，我们会回到河岸镇，一切还会是原来的样子。

21

灵魂

第二天上学，菲比还是一副波澜不惊的表情，脸上总是挂着一丝不易觉察的浅笑。要保持这样的浅笑，也真够为难她了，因为快要上英语课的时候，我注意到她的下巴由于紧张而颤抖。她整天都非常安静，除了我以外，她没和任何人说话。她对我说的唯一的话就是："明晚住在我家吧。"这不是询问，而是命令。

英语课上，伯克威老师让我们做了一个十五秒钟的练习。我们必须画点什么，越快越好，不用思考。等大家准备好，他会告诉我们画什么。"记住，"他说，"别思考，只需要画，十五秒。准备好了吗？请画出你的灵魂。开始！"

开始的五秒钟，我们全都手足无措地干瞪着他。等发现他很认真，而且已经开始看表计时，我们的铅笔立即落到纸面。我什么也没想，因为根本没有时间去想。

伯克威老师叫停的时候，每个人都抬起头，脸上全是一副茫然的表情。然后我们低头看自己的画，教室里顿时响起一片嗡嗡的声音。我们都为自己的画大吃一惊。

伯克威老师飞快地到处走动，把大家的画收上去。他像洗牌那样把这些画混杂在一起，然后把它们逐一钉上通告板。他说："现在，我们已经捕捉到了每个人的灵魂。"大家纷纷挤上前去。

我最先注意到的是：每个人都画了一个中心图形——心形、圆形、正方形或三角形。我想这是很奇怪的。我的意思是，没有人画一辆巴士、一艘宇宙飞船或者一头奶牛，大家画的图形都很相似。其次，我注意到，每个图形里面都画了不同的图案，一眼看去各不相同，有十字，有漆黑的涂鸦，有一只眼睛，一张嘴，一扇窗户。

菲比的图形里面画的是一滴泪水。

过了一会儿，玛丽·卢叫道："瞧那儿——两张一模一样。"大家说，"天哪！""哇！""那两幅都是谁画的？"

两幅相同的图案是：外面是一个圆形，中间是一片枫叶，叶尖与圆周相接。

两幅枫叶画，一幅是我的，另一幅是本的。

22

证据

第二天晚上，我住在菲比家，但我很难入睡。菲比总是说："听见那个声音没有？"说完，她还会跳到窗边向外看，生怕那个疯子会回来，朝我们剩下的人下手。有一回，她看见卡达芙夫人打着手电在她家花园里走。

那以后我肯定是睡着了。菲比在睡梦里哭出声来，惊醒了我。我把她唤醒，但她不肯承认。"我没哭。绝不可能。"

早上，菲比不肯起床。她爸爸急冲冲地走进房间，脖子上搭着两条领带，手里抓着两只鞋。"菲比，你要迟到了。"

"我病了，"菲比说，"我发烧了，肚子还疼。"

她爸爸把手放到她的额头上，直盯着她的眼睛说："恐怕你必须去上学。"

"我病了，真的病了。"她说，"我可能得了癌症。"

"菲比，我知道你很担心，但我们目前还没有什么好办法。我们该做什么还得接着做。我们不能诈病啊。"

"我们不能做什么？"菲比问道。

"诈病。这儿，你查一下吧。"他把菲比桌上的词典扔给她，飞奔下楼到客厅去了。

“我妈妈失踪了，我爸爸扔给我一本词典。”菲比说。她查到“诈病”，念出它的定义：“为了逃避义务或工作而假装生病。”她砰地合上词典。“我可不是诈病。”

普鲁登丝疯狂地到处跑。“我的白衬衣呢？菲比，你看见没有？我敢肯定……”她把壁橱里的衣物掏出来，胡乱扔到床上。

菲比从壁橱里拽出一件皱巴巴的衬衣和裙子，很不情愿地穿上。楼下，厨房的桌上空空如也。“没有什锦麦片，”菲比说，“也没有橙汁和全麦面包。”她摸了摸椅背上挂着的白毛衣，说：“这是妈妈最喜欢的毛衣。”她抓起毛衣，在他爸爸面前挥了挥。“看看这个！如果不是被绑架的话，她会把这个留下来吗？她会吗？”

他凑上前去触摸毛衣的袖子，把衣服放在指尖捻了捻。“菲比，这只是件旧毛衣。”菲比把妈妈的毛衣穿在自己皱巴巴的衬衣外面。

我心里很不是滋味，因为那天早上菲比家发生的每件事，都让我想起我妈妈离开后的情景。一连几个星期，爸爸和我就像被人蒙住双眼的牛一样到处翻腾，每样东西的位置都乱了。屋子没人收拾，随处可见成堆的碗盘、衣服和报纸，到处都是灰尘。爸爸说了三千遍“我快累死了”。小鸡很烦躁，奶牛爱发怒，猪也郁郁寡欢。我们养的狗——“忧郁的蓝”——连续好几个小时呜咽不止。

当爸爸说妈妈不会再回来时，我不肯相信。我把她寄来的明信片全部从房间里拿下来，说：“她要是不再回来，还会写这些吗？”而且，就像菲比在她爸爸面前挥动她妈妈的毛衣那样，我从鸡窝里捉了一只小鸡进屋："妈咪会丢下她最宠爱的小鸡不管吗？"我说，"她爱这些小鸡。"

我真正的意思是："妈咪真的会丢下我吗？她是爱我的。"

到了学校，菲比把课桌上的书重重地合上。贝丝·安说："嘿，菲比，你的衬衣可是有点皱哦。"

"我妈妈不在家。"菲比说。

"我现在能自己熨衣服了，"贝丝·安说，"我还会熨——"

"我妈妈走了。"菲比说。

"我听见了，菲比。你知道吗，你可以自己熨你的衣服啊。"

菲比小声对我说："我想我真的要犯心脏病了。"

我想起以前曾经养过的一只小兔子。妈妈在地里发现它的时候，它正蜷缩在已经死去的兔妈妈身边。妈妈把小兔带到牲口棚来照料，我在牲口棚睡了整整一个星期。后来有一天，小狗"忧郁的蓝"叼着小兔到处跑，但她并不是真要把它当作自己的美餐。经过我好一阵哄劝，"忧郁的蓝"才把兔子放下来。我把小兔拾起来时，它的心跳得比什么都快，而且越来越快，然后戛然而止。

我抱着小兔去找我妈妈。她说："莎拉曼卡，它死了。"

"它不可能死了，"我说，"一分钟以前它还活着。"

菲比说："我要去找护士。你陪我去，好吗？"到了医务室，菲比说，她犯了心脏病。护士让菲比躺下来。五分钟后，护士为她测了心率，告诉她心脏病已经好了，并把我们送回教室。我不知道，假如菲比的心跳像小兔一样骤然停止，她当场跌倒在地，在学校里再也没能醒来，那又会怎么样？她妈妈甚至不会知道菲比已经死了。

稍后，玛丽·卢对菲比说："贝丝·安提起过，说你妈妈出门了……"

克里丝蒂和梅甘也围过来。"你妈妈是出差吗？"克里丝蒂说，"我妈妈经常去巴黎出差。你知道，我妈妈是记者。"

梅甘笑着说："我爸爸所有时间都在旅行。他刚从东京回来。我敢保证，那是个很重要的会议。下周他还要去沙特阿拉伯，他在那里修建机场。"

克里丝蒂问道："那你妈妈去哪儿了？也是出差吗？"

菲比点点头。

"她去哪儿了？"梅甘问，"是东京，还是沙特阿拉伯？"

菲比说："她去伦敦了。"

"噢，伦敦，"克里丝蒂说，"我妈妈都去过很多次了。"

"我爸爸定期会去那儿。"梅甘说。

"她给你寄明信片了吗？"克里丝蒂说，"我妈妈总是寄一些最有趣的明信片回来。有的上面印了照片，照片上的人长着蓝色的头发——"

"噢，"梅甘说，"我爸爸也给我寄过一张那样的。"

菲比转身看我，脸上一副困惑的表情。我想，她对自己说出那样的话也会感到吃惊，但我真的理解她为什么要说谎。有时候，这样做可以轻松一些。当人们问起我妈妈的时候，我也有过类似的反应。“菲比，别担心。”我说。

她恶狠狠地说：“我没有担心。”

我也曾经表现得像她这样。不管什么时候，也不管什么人，只要是为妈妈的事来安慰我，我都恨不得咬掉他们的脑袋。我彻底成了一头脾气暴躁的犟驴。当爸爸说“你一定感觉很糟”时，我肯定会矢口否认。“我没有，”我告诉他，“我根本没什么感觉。”事实上，我真的感觉糟透了。我早上不想醒来，夜里又害怕入睡。

午餐时，大家从四面八方跑来围着菲比。“你妈妈要在伦敦待多久？”玛丽·卢问，“她会和女王一起喝茶吗？”

“告诉她，要记得去康芬花园①，”克里丝蒂说，“我妈妈就很喜欢康芬花园。”

“是科芬花园，你这卷心菜脑袋。”玛丽·卢纠正她。

“根本不是，”克里丝蒂说，“我敢保证，就是康芬花园。”

到了该上英语课的时候，连伯克威老师也得知了这条消息。“菲比，我听说你妈妈在伦敦，”他说，“伦敦，啊，伦敦，那里有全球剧院、莎士比亚、狄更斯，啊……”

放学了，我们和本、玛丽·卢一道回家。菲比一言不发。“你怎么啦，‘自由的蜜蜂’？”本说，“你倒是说句话呀。”

我突如其来地说：“每个人都有自己的‘议程’。”本被路沿绊了一下，玛丽·卢不解地看了我一眼。我一心希

① “康芬花园”是伦敦著名的蔬菜花卉市场，也是集文化、娱乐、时尚为一体的黄金地带。

望菲比的妈妈会在家。即使发现门还是锁着的,我仍然抱着希望。“你确定要我进去吗?”我问道,“也许你想一个人待会儿。”

菲比说:“我不想一个人。打电话给你爸,问问你可不可以再到我家吃晚饭。”

进了屋,菲比喊:“妈咪?”她走遍整座房子,查看了每个房间。“我说得没错吧,”菲比说,“我要搜集线索和证据,证明疯子来过这里,绑架了我妈妈。”她真的走火入魔了。我想告诉她,她所做的一切都是缘木求鱼,她妈妈很可能没有被绑架。但我看得出来,菲比不可能听得进去。

当我妈妈迟迟未归时,我想象了各种结局。也许她得了癌症而不想让我们知道,所以一直躲在爱达荷州。也许她撞坏了头部,得了健忘症,正在路易斯顿市四处流浪,想不起自己是谁,或是把自己当作了别的什么人。爸爸则说:“她没有得癌症,莎尔,她也没有得健忘症。你所说的这些,都是缘木求鱼。”但我不相信他的话。也许他只是想保护妈妈,或是想保护我。

菲比在屋子里走来走去,查看墙壁和地毯,看能不能找到血迹。她发现了几个可疑之处,还有几缕难以识别的发丝。菲比用胶带在可疑之处一一做了标记,把发丝放进了一只信封。

普鲁登丝兴高采烈地回到家。“我成功了!”她说,“我成功了!”她满屋子活蹦乱跳的。“我选上了啦啦队队长!”当菲比告诉她妈妈被人绑架时,普鲁登丝说:“噢,菲比,妈妈不是被绑架的。”她不再蹦跳,到厨房里四下看了看。“那么,我们晚饭吃点什么?”

菲比到橱柜里翻了翻。普鲁登丝打开冰箱冷冻柜,说:“来,看看这个。”在那可怕的瞬间,我想,或许她在里面发现了一些剁碎的尸块。也许——只是也许,菲比猜得没错,一个疯子杀害了她的母亲。我不能看。我听见普鲁登丝在搬动冷冻室里的东西,但至少她没有尖叫。

冷冻室里没有尸块,而是一些摆放得很整齐的塑料容器,每个上面都贴了小条。“西扁炖,350,1小时。”普鲁登丝念道。还有“菜意面,325,30分钟”和“通心干酪,325,45分钟”,诸如此类。

“什么是‘西扁炖’?”我问。

菲比撬开盖子,里面是一块绿黄色、硬邦邦的东西。“是西蓝花扁豆炖菜的简写。”她说。

她们的父亲回到家,看见饭桌上的晚餐,露出吃惊的表情。普鲁登丝让他看冷冻室里的食品。“嗯。”他说。晚饭时我们都出奇地安静。

“我想,你没有听到什么消息——我是说,来自妈妈的消息?”普鲁登丝问她爸爸。

“还没有。”他回答。

“我想我们应该报警。”菲比说。

“菲比。”

“我是认真的,我找到了一些疑点。”菲比指着餐桌下面两处贴有胶带的地方。

“地上这胶带是干什么用的?”他问。

菲比解释说,那下面有疑似血迹。

“血迹？”普鲁登丝停止吃饭，问道。

菲比取出信封，把里面的发丝倒在饭桌上。“来历不明的头发。”她解释道。

普鲁登丝发出“呃——”的声音。

温特博特姆先生用叉子敲了敲餐刀，然后站起身，拉住菲比的胳膊，说：“跟我来。”他走到冰箱旁边，打开冷冻柜，指着那些塑料餐盒说：“假如你妈妈真是被疯子绑架了，她还会有时间准备这些食物吗？她会说‘真抱歉，疯子先生，我都被您绑架了，可还得为家人准备十份或二十份餐盒’？”

“你不在乎，”菲比说，“没有人在乎。每个人都有自己的白痴‘议程’！”

饭后不久我就走了。温特博特姆先生待在书房里给她妻子的朋友们打电话，看他们是否知道她的下落。

“至少，”菲比对我说，“他已经采取行动，但我还是觉得应该有人去报警。”

当我从菲比家出来时，从隔壁的房屋里传来玛格丽特·卡达芙那枯叶般刺耳的声音：“莎尔？莎尔？”我停下来，但没有过去。“你想进来吗？”她问。

“我得回家了。”

“可是你爸爸也在这儿，我们在吃甜点。你不想来和我们一起吗？”

爸爸出现在她身后。“来吧，莎尔，”他说，“别傻了。”

“我不傻，”我说，“我吃过甜点了，我要回家准备我的英文课报告。”

爸爸转向玛格丽特。“我最好和她一起回去。抱歉——”

玛格丽特什么也没有说。爸爸回头去拿上他的夹克衫，走到我身边。玛格丽特还站在那里。我和爸爸一起走回家去。我知道这样很失礼，但觉得像是赢得了一场针对玛格丽特的小小的胜利。在路上，爸爸问我菲比的妈妈回家没有。

“没有，”我说，“菲比认为是疯子绑架了她妈妈。”

“疯子？这未免太离谱了吧？”

“我开始也这么想，但是，你从来不知道，对吗？我是说这也可能发生。可能真有一个疯子，他——”

“莎尔。”

我本想说说那个神情紧张的年轻人和那些神秘的格言，但担心爸爸会说我犯傻，就换了个说法：“你怎么知道妈妈去爱达荷州不是受人胁迫——不一定是疯子，只是某个人？也许是勒索——”

“莎尔，你妈妈去那里是因为她想去。”

“我们不应该让她去。”

“人不是鸟儿。你不能把人关在笼子里。”

“她就是不应该去。如果她没去的话——”

“莎尔，我敢肯定她本来是想回来的。”我们到家了，但没有进去。我们坐在前廊的台阶上。爸爸说：“你无法预测——人不能未卜先知——你永远也不知道——”

他看向别处，我也和他一样备感悲伤。我为自己脾气倔强、经常惹他难过向他道了歉。爸爸伸手环抱着我。我们父女二人就这样在前廊上坐着，同病相怜，怅然若失。

23 荒原

爷爷说:“醋栗,你的伤腿怎么样了?”我看得出来,他很担心奶奶,但与担心她的伤腿相比,他更担心她那刺耳的呼吸。“我们打算在荒原停一下,好吗,醋栗?”奶奶只是点点头,甚至没有因为爷爷叫她“醋栗”而责备他。

离荒原越来越近,空中的低语声变得更加讨厌:“减速,慢,慢,慢。”“也许我们不该去荒原。”我说。

“什么?不去?我们当然应该去,”爷爷说,“我们差不多都到了。这可是国家的珍宝。”

去荒原的路上,沿途随处可见“沃尔药房”的标牌,那是南达科他州沃尔县的一家著名药房。“不要错过引人入胜、世界闻名的沃尔药房!”往前不远处的标牌上写着:“距沃尔药房七十英里!”向前十英里,又会看到:“距沃尔药房六十英里!”

“这该死的沃尔药房是什么东西?”爷爷说,“我真想弄明白,一个药店有什么可了不起的。”

妈妈一定也曾从这条路上走过,也曾看见过同样的标牌。她看见这块标牌的时候,想到了什么?看到另一块的时候呢？她什么时候来到这个路边景点的？

妈妈从没开过车。她害怕汽车。“我不喜欢汽车的速度，”她说，“我喜欢自己能把握的事情，比如我要去什么地方，以多快的速度去。”当她说自己要千里迢迢赶去路易斯顿市时，我和爸爸都大吃一惊。

“你打算怎么去那儿？”爸爸问。

“坐大客车去。”

“坐大客车穿越整个国家？”

“对呀。”她说。

“去什么地方，以多快的速度去，你还是做不了主啊。”

“这我知道，”她说，“我要强迫自己完成这件事。等我回来，我还要学开车呢。”

我难以理解她为什么选择去爱达荷州。我原以为她不过是打开地图，某个手指随便点到什么地方，就决定去什么地方。但后来我得知她有个堂姐在路易斯顿市。“我有十五年没见过她了，”妈妈说，“能去看她真好，因为她会告诉我，真正的我是什么样子。”

“苏格，这我也能告诉你啊。”爸爸说。

“不，我的意思是，在我成为妻子和母亲之前那个真正的我。我指的是内心深处，在那里我还是善哈森。”

开车在南达科他州平坦的大草原穿行了很长时间，终于来到荒原时，我们都颇感震撼。我不敢相信，荒原就在这儿。我还以为是幻觉呢。

荒原给人的感觉，就像有人把南达科他州的其他地方都熨烫成一马平川，却把那些山峦、峡谷和岩石都驱赶到了这里。宽阔的平原被一只神掌从中劈开，形成参差错落的山峰和陡峭的深谷。头顶是高远的蓝天，脚下是粉色、紫色和黑色的岩石。站立在峡谷边缘向下看，所见全是峻峭的深谷，两旁布满尖锐而粗糙的岩石。在如此险恶的地方，就算峭壁上到处悬挂着人的骸骨，也不会让人吃惊。

看到这些绚丽的色彩竟然用在这么粗糙的岩石上，真让人觉得不可思议。我脑子里浮现出这样一个画面：有人携带一支巨大的画笔走过来，在这里度过了一段快乐的旧时光："天哪，这些石头多么恐怖啊，我应该让它们变得悦目一些。这儿也许要涂成紫色。至于那儿嘛，嗯，来点粉色。还有，噢，对了，那边得用掉一整桶浅紫色颜料呢。"

奶奶想说"万岁，万岁"，但她呼吸不畅，只能说"万丝，万丝"。她的发音有些刺耳。爷爷在地上铺了张毯子，奶奶可以坐在那里观赏。

妈妈从荒原给我寄过两张明信片。其中一张写道："莎拉曼卡就像是我的左臂。我想念我的左臂。"

这里的天空，比我所见过的任何地方的天空都更高远。于是，我就给爷爷奶奶讲了一个"高天"的故事，是我以前从妈妈那里听来的。很久以前，当这片土地上还只有印第安人的时候，天空很低，低到你不小心就会碰到脑袋；人们有时走着走着就消失了，原来是直接走到了天上。印第安人觉得这样有点无趣，就制作了一些长杆。有一天，他们全都举起长杆往上推。就这样，他们努力把天空推到了最高远的地方。

"瞧瞧那儿，"爷爷说，"他们干得不错，所以天空就待在那里动弹不了啦！”

我讲这个故事时，有个孕妇站在不远处用手绢揩脸。“那个女人好像对身边的美景没什么兴趣。”爷爷说。他过去问她，想不想在我们的毯子上稍事休息。

“我想到处看看。”我说。事实上，这个孕妇令我恐惧。

当妈妈最初告诉我她怀孕时，她补充说：“终于，我们真的会满屋都是孩子啦！”刚开始，我并不喜欢这个说法。只有我难道有什么不对吗？爸爸妈妈和我已经组成了我们三个人的小单位。

随着胎儿在她身体里发育，妈妈让我听那心跳，感受里面的小脚丫蹬踢妈妈，我开始盼望宝宝出世。我希望是个女孩，这样我就会有个妹妹。我和爸爸妈妈一起装饰婴儿房，把墙刷得雪亮，还挂上了明黄色的窗帘。爸爸剥去旧梳妆台的表层，重新上了漆。人们开始送我们最小的婴儿衣裳。我们把每件衬衣、连衣裤和睡衣洗得干干净净，叠得整整齐齐。我们还买了崭新的棉尿布，因为妈妈喜欢看尿布晾满外面的绳子。

有一件事我们没能完成，那就是为婴儿取名。好像横竖总不满意，没有什么名字能配得上这个婴儿。为此，爸爸似乎比妈妈更不安。“得来全不费工夫，”妈妈说，“总有一天，完美的名字会从天而降。”

离预产期还有三个星期时，我到树林去玩，那里比最远的田地还要远些。爸爸去城里办事了，妈妈在家擦洗地面。她说擦地会让她的后背更舒服一些。爸爸不喜欢她做这件事，但她坚持要做。妈妈不是那种弱不禁风、病恹恹的女人，做这种家务对她来说很平常。

到了树林里，我爬上一棵橡树，在上面唱妈妈的歌谣：“噢，不要爱上航海男孩，航海男孩，航海男孩——”我爬得越来越高。“——噢，不要爱上航海男孩，他会——”

我脚下的树枝突然断了，双手握住的枯枝也从树上脱落。我掉下去，掉下去，好像电影里的慢动作一样。我看见树叶从眼前掠过，知道自己正在往下掉。

等苏醒过来，我发现自己趴在地上，摔了个嘴啃泥。我把右腿在身体下面扭转过来。我刚想挪动，却感觉整条腿就像被锋利的针尖刺到一样。我试着拖动身体在地上爬行，但那些针就像万箭齐发般射向我的脑袋，我两眼一黑，脑袋里嗡嗡地响成一片。

我一定是再次昏过去了。当我再睁开眼时，树林里已经变暗，空气也更清凉。我听见妈妈在呼唤。她的声音很遥远、很微弱，我猜大概是从牲口棚附近传过来的。我想回应她，但我的声音闷在胸口发不出去。

我在自己的床上苏醒过来。是妈妈找到了我，背着我穿过树林和田野，走下长长的山坡回到家里。我的伤腿被打上了石膏。

就在那个晚上，婴儿出生了。我听见爸爸打电话给医生。“她做不到，”他说，“她现在就要生了，就是现在。”

我一瘸一拐地爬下床。妈妈陷进枕头里，大汗淋漓，不停地呻吟。“不对劲，”她对爸爸说，“不对劲。”看见我站在那儿，她说：“你不应该看。这件事我恐怕不太拿手。”

我坐到她门外的过道上。医生来了。我只听见妈妈大喊了一声，那是漫长而凄厉的哀号。随后，一切复归平静。

当医生抱着婴儿从房间里出来的时候，我要求看一眼。婴儿显得苍白又带一点浅蓝，颈部还有脐带缠绕留下的痕迹。“可能好几个钟头以前就不行了，”医生告诉我爸爸，“具体时间我说不准。”

“是男孩还是女孩？”我问。

医生小声说：“女孩。”

我问能不能抚摩她。她刚从娘胎里出来，身上余温尚存。她看上去是那么迷人，那么安静，身子蜷缩着。我想抱抱她，但医生没有同意。我想，要是让我抱抱，或许她还会醒过来。

爸爸看上去深受打击。但他似乎已没有更多的精力去想婴儿的事了。他走进房间，轻抚妈妈。他对我说：“莎尔，这不是你的错——跟妈妈背你回家没有关系。你不要想太多啊。”

我不相信他的话。我走进妈妈的房间，爬上床躺在她身边。妈妈两眼盯着屋顶。

“让我抱抱。”她说。

“抱什么？”

“婴儿啊。”她的声音听起来很奇怪，还有点傻。

爸爸进来了，妈妈向他要婴儿。他俯下身对她说：“我希望，我希望——”

“婴儿。”她说。

“孩子已经不行了。”

“我要抱抱孩子。”她坚持说。

“孩子已经不行了。”他重复道。

“不会有事的，”她用同样的唱歌般的声音说，“一分钟以前还活着。”

我在她身边睡过去了，直到后来听见她呼唤爸爸。他打开灯，我看见床上到处是血。血浸湿了床单和毯子，也浸湿了我腿上的石膏。

救护车来了，带走了妈妈和爸爸。爷爷奶奶赶过来陪我。奶奶拿走所有床单，烧水煮过；又努力帮我擦去石膏上的血迹，但上面还是留下了一块暗红的斑痕。

第二天，爸爸从医院急匆匆地回来了。“不管怎样，我们应该给婴儿取个名字。”他说，“你有什么建议吗？”

名字果然从天而降。“郁金香，”我说，“让我们叫她郁金香吧。”

爸爸笑了。“妈妈会喜欢的。我们会把她安葬在杨树林旁边的小墓地里，每个春天，那里都会有郁金香生长出来。”

接下来的两天里，妈妈接受了两次手术，血流不止。后来她说：“他们把我所有的器官都拿出来了。”妈妈不会再有孩子了。

我坐在荒原大峡谷的边上，回头看了看爷爷奶奶和坐在毯子上的孕妇。我又开始走神，想象坐在那儿的是我妈妈，她还会有孩子，一切都没有偏离原来的轨道。然后，我试图想象，妈妈在去路易斯顿市的旅途中，也曾坐在这里。是大巴上所有人都下了车，跟着她到处走呢，还是只有她独自一人坐在这里，就像我现在这样？她是不是恰好坐在我现在的位置，也看见了同一座粉色的尖塔？她当时有没有想到我？

我拾起一块扁平的石片扔出去，看它穿过峡谷，撞上远处的绝壁，然后垂直下落、下落，沿着犬牙交错的地表斜着掉下去。妈妈曾经给我讲过黑脚人关于纳皮的传说：造物主纳皮创造了男人和女人。为了决定这些新人应当永生还是死亡，纳皮选了一块树皮，说他将把它扔进河里，如果它浮在水面上，人们将长生不死；如果它沉下去，人们就会死去。结果树皮浮在了水面上。一个女人说："试试石头会怎么样。如果它漂浮在水面上，我们将永生；如果下沉，我们都会死。"纳皮把石头扔进水里，石头立即下沉了。这就是为什么人终有一死。

"纳皮为什么没有坚持扔树皮呢？"我问道，"他为什么要听那个女人的？"

妈妈耸耸肩。"要是当时你在那儿，你准能让石头漂在水上。"她说。她指的是我有用石块打水漂的习惯。

我又拾起一块石头，扔向峡谷。这一块同样砸在了对面的峭壁上，然后不停地下落、下落、下落。它将坠入谷底的山洞，而不会掉进河里。我还能期待什么？

24

悲伤之鸟

离开荒原，我们开车前往南达科他州沃尔县，去参观引人入胜、世界闻名的沃尔药房。“该死的药房，简直就是欺骗游客的陷阱，”爷爷说，“见鬼去吧！”

通常，当爷爷这样咒骂的时候，奶奶就会威胁他，说她要去找那个鸡蛋贩子。我不了解这件事的来由，只听说有一次，当爷爷对暴风雨破口大骂的时候，奶奶真跟那个定期来向爷爷收购大量鸡蛋的男人走了。奶奶和鸡蛋贩子待了三天三夜，直到爷爷赶去找到她，承诺以后再也不会咒骂了。

我问过奶奶，假如爷爷咒骂得太过分，她真的会回去找那个鸡蛋贩子吗？她说：“别告诉你爷爷，其实我不介意他咒骂几次。还有，那个鸡蛋贩子的呼噜声能赛过整支乐队。”

“这么说，你并不是因为爷爷咒骂才离开他的？”

“莎拉曼卡，我都不记得自己为什么那样做了。我想，只不过是犯傻吧。有时候，你的心知道自己爱一个人，但你不得不离开，直到你的脑子也弄明白这一点。”

*

在沃尔药房，花五美元就能买一块石头，上面写着“正宗荒原石”。花三美元就能买一支黄色的羽毛，那是“荒原官方纪念品”。爷爷拿起一支和平烟斗时，上面的把手掉了下来。“一堆废物。”他说。

当晚，我们住进沃尔县城外的一家汽车旅馆。他们只剩下一间房，里面只有一张床。爷爷累了，他说，将就住吧。床是超大的水床。“该死，”爷爷说，“你瞧那儿。”他把手放在床上向下按，床发出“咯咯”的声音。“看样子我们只好一起躺在这张木筏上过夜了。”

奶奶坐到床上，开始“咯咯”地笑。“万丝，万丝。”她用刺耳的嗓音欢呼着。她滚到床中间，接着说：“万丝，万丝。”我躺到她身边。为保持平衡，爷爷小心翼翼地坐到了另一边。“哇，”他说，“我真相信这家伙是个活物。”爷爷在上面翻过来掉过去，于是我们仨都在那儿来回晃荡。“真该死。”他说。奶奶因为笑得太厉害，满脸都是眼泪。

爷爷说：“好啦，这虽然不是我们的婚床……”

夜里，我梦见自己和妈妈乘坐木筏，顺流而下。我们仰面躺着，仰望高高的天空。天空离我们越来越近。只听“啪”的一声巨响，我们已经到了天上。妈妈环顾四周，说：“我们不会死。就在一分钟以前，我们还活着。”

次日早上，我们出发去黑山和拉什莫尔山。路途并不太远，预计中饭前就能到达。我们刚坐进车里，爷爷就开口问我：“然后，培比的妈妈怎么样啦？培比有没有收到更多的格言？”

“但愿一切都会好起来。”奶奶说，“我有点担心培比。”

菲比把那些可疑之处和来路不明的发丝指给她爸爸看后，第二天，又一条格言出现了：

> 你不能阻止悲伤之鸟飞过头顶，但你可以不让它们在你的头发里筑巢。

菲比把这条格言带到学校给我看。“那个疯子又来了。”她说。

“假如他真的绑架了你妈妈，那他为什么还要来送这些格言？”

“它们都是线索。”菲比说。

在学校里，同学们不停地问起她妈妈的伦敦之旅。她试图不理他们，但又不能总是忽略，有时候她不得不回答。

玛丽·卢带来了一本关于英国的书，证明她关于科芬花园的说法是正确的。“看见没？”她说，“是科芬，而不是康芬。”

克里丝蒂正在盯着天花板上的什么东西看。“噢，你说的是那个科芬花园啊。我说的不是那个。还有一个康芬花园。”

玛丽·卢用力拍拍那本书。“根本没有。你看这儿。”

克里丝蒂飞快地瞥了一眼书页，耸耸肩。“这不是我指的那个。”

玛丽·卢“砰”地合上书，问菲比有没有她妈妈的消息。

“嗯。”菲比回答。

“有吗？她住在哪儿？是希尔顿饭店吗？”

“嗯。”菲比说。

“真的吗？希尔顿吗？哇。”

梅甘问菲比的妈妈都去参观了哪些景点。

菲比说：“噢，白金汉宫。”

“那不消说。”梅甘会意地点点头。

“还有大笨钟。”

“那也不消说。”

“还有，”菲比有点力不从心，“莎士比亚诞生地。”

“但是，那是在斯特拉特福，”梅甘说，“埃文河畔的斯特拉特福。我记得你说你妈妈去了伦敦，那里离斯特拉特福可不近。她是参加了一日游还是怎么去的？”

“是的，她就是那样去的，她参加了一日游。”

菲比实在无法忍受了。她的样子让人觉得，悲伤之鸟的整个家族都正在她的头发里筑巢。我想她最想说的是：“不！她没去伦敦！她失踪了！她被人绑架了！她说不定已经死了！”

整天都是这样。等到上英语课的时候，菲比的妈妈不仅“参加”了斯特拉特福一日游，还想办法“去”了苏格兰、威尔士和爱尔兰，并且“参加”了一次令人愉快的气垫船之旅。“天哪，”贝丝·安说，“你妈妈肯定忙坏啦。”

克里丝蒂蜷缩在教室的一角。“有只黄蜂，莎尔，快抓住它，杀死它！”就在我把黄蜂引到开着的窗口放生时，伯克威老师让本开始做关于普罗米修斯的报告。本不得不坐到伯克威老师的讲桌后面，面对全班同学。他不能低头看自己的笔记，因为老师一直在提醒："眼神交流！"意思是本必须直视每个人的眼睛。伯克威老师说，那是成为一个好的演说家的重要环节。

本很紧张。他说，普罗米修斯从太阳那里偷走火种，送给了人类。主神宙斯对人类和偷走珍贵火种的普罗米修斯大为恼火。作为惩罚，宙斯把一个叫潘多拉的女人派到人间。本忘记解释为什么这是一种惩罚。然后宙斯用链子把普罗米修斯绑到石头上，派秃鹰下来啄食他的肝脏。由于紧张，本把"普罗米修斯"说成了"海豚"，这样听上去就成了"宙斯派秃鹰下来啄食海豚的肝脏"。

下课后，我想和本说话。但当我轻拍他的胳膊时，他躲开了，仿佛我的手指是带电的叉子。菲比说："那是因为紧张的秃鹰在他的脑袋里飞来飞去。"

玛丽·卢邀请我和菲比到她家共进晚餐。看菲比想婉拒，玛丽·卢说："反正你妈妈去了伦敦，你爸爸不会介意你过来吃饭的。"

看得出来，菲比还在疯狂地想找到合适的借口，但她最后还是同意了。我打电话给爸爸，他似乎也不介意。我知道他不会介意。他只是说："那对你来说很不错啊，莎尔。我也许会到玛格丽特家去吃饭。"

25

胆固醇

到芬尼家共进晚餐，真称得上大开眼界。我们到家时，玛丽·卢的兄弟们正在到处乱跑，活像一群疯狂的动物。她的姐姐麦吉一边打电话，一边用力揪自己的眉毛。芬尼先生正在厨房里做饭，助手竟然是四岁的汤米。菲比悄悄说："我对这顿晚餐可不抱什么希望。"

晚上六点，当芬尼夫人慢慢腾腾地进了门，汤米、道格和丹尼斯上去抓住她身体的不同部位，争先恐后地开始说话。这个说："你瞧这个。"那个喊："妈咪，妈咪，妈咪。"还有人叫道："我先说！"她好不容易迈步走进厨房，身后拖着三个孩子，就像是一只挂满了旧轮胎、废靴子和其他各种垃圾的鱼钩。她在芬尼先生的嘴唇上随意地吻了一下，他则把一片黄瓜递到了她的嘴里。

我和玛丽·卢一起摆餐具，虽然我认为这基本上是在做无用功。就像一阵巨大而混乱的风暴袭来一样，每个人都趴在桌面上，有的碰翻了杯子，有的把叉子掉到了地上。这个拿起餐盘（菲比向我指出，那些餐盘并不配套）嚷道："那是我的盘子。我要那个印了雏菊的。"另一个说："给我那个蓝色的！轮到我用那个蓝色的盘子了。”

我和菲比坐在玛丽·卢和本之间。餐桌中间是一大盘炸鸡。菲比说：“鸡肉吗？炸的？我胃弱，不能吃油炸食物。”她瞟了一眼本的餐盘，他已经取了三块炸鸡。“你真不该吃那个，本，油炸食物对你不好。首先，有胆固醇……”

菲比从本的餐盘里取了两块炸鸡，放回饭桌中间的大餐盘里。芬尼先生咳嗽了几声。芬尼夫人说：“菲比，那你是不吃鸡肉了？”

菲比面带微笑说：“噢，对啊，芬尼夫人。我恐怕不能吃。其实，芬尼先生也不应该吃。我不知道你们有没有意识到这一点，但说实话，每个人都应该当心胆固醇。”

芬尼先生低头盯着自己的餐盘。芬尼夫人的嘴唇奇怪地来回嚅动着。这时，豆子传到了菲比面前。她仔细地检查一番，问道：“芬尼夫人，豆子里放黄油了吗？”

“是的，我放了。黄油有什么问题吗？”

“胆固醇，”菲比说，“黄油里有胆、固、醇。”

“啊，”芬尼夫人说，“胆固醇。”她看看丈夫，说：“亲爱的，要当心，豆子里也有胆固醇呢。”

我瞪了菲比一眼。我想，这房间里不只我一个人想勒死她。

本把他的豆子拨到餐盘的一侧。麦吉拾起一粒豆子仔细端详。当土豆端上来时，菲比解释说她正在节食，不能吃淀粉。我们其他人都扫兴地看着自己的盘子。菲比的盘子里空空如也。芬尼夫人说：“菲比，这样一来，你吃什么呢？”

“我妈妈专门制作素餐，低热量，不含胆固醇。我们吃大量沙拉和蔬菜。我妈妈是一个优秀的厨师。”

她没有提到她妈妈做的那些馅饼和果仁巧克力饼里富含的热量。我真想跳起来说:“菲比的妈妈失踪了,所以她才表现得像头十足的犟驴。”但我没说出口。

菲比反复地说:“一位真正优秀的厨师。”

“真棒。”芬尼夫人说。

“你们还有没有纯粹的蔬菜?”

“纯粹的?”芬尼夫人不解地问。

“就是说没煮过,也没放过黄油和其他东西——”

“我知道了,菲比。”芬尼夫人说。

“我可以吃纯粹的蔬菜。或者,有没有现成的红豆沙拉,或者圆白菜卷?有没有花椰菜和炖扁豆?有干酪通心粉吗?蔬菜意大利面呢?”

一个接一个地,餐桌边的其他人纷纷扭头看着菲比。芬尼夫人起身离开餐桌,进了厨房。我们听见了她开关橱柜的声音。然后她回到门前的过道上。“什锦麦片怎么样?”她问菲比,“你能吃什锦吗?”

“噢,可以,我能吃什锦,不过那是当早餐的。”

芬尼夫人又消失了,回来时拿着一碗干什锦麦片和一瓶牛奶。

“当晚餐吗?”菲比问道。她低头盯着碗说:“我通常用酸奶来调麦片——而不是牛奶。”

芬尼夫人转向芬尼先生。“亲爱的,”她问,“你买酸奶了吗?”

“哎呀,我忘记了。真该死!我怎么会忘记买酸奶呢?”

菲比没用牛奶，直接吃掉了干什锦麦片。整个晚餐期间，我总是想起河岸镇，想起我们去爷爷奶奶家聚餐时的情景。同样地，总是有很多人——亲戚和邻居——乱作一团。那是一种亲切的混乱，就像芬尼家这样。汤米打翻了两杯牛奶，丹尼斯给了道格一拳，道格也回敬他一拳。麦吉踢了玛丽·卢，玛丽·卢把一粒豆子弹向麦吉。我想，也许这就是我妈妈想要的：满屋的孩子，乱作一团。

菲比陷入一种奇怪的情绪中。她告诉丹尼斯应该说"是的"，而不是"嗯"。她提醒道格，含着满嘴食物说话是不礼貌的。她还建议汤米尝试使用叉子，而不是用手指抓东西吃。

回家的路上，我说："你注意到没有？晚饭后每个人都出奇地安静。"

菲比说："很可能是因为，所有的胆固醇都沉甸甸地堆积在他们的肚子里。"

我问菲比想不想到我家过周末。我不知道自己为什么会邀请她。这只是一个突然闪现的念头。我从未邀请任何人去我家。她说："我想想。就是说，如果我妈妈还在……"她咳了一声，"让我们进去问问我爸。"

看见她爸爸正在厨房里洗碗，菲比似乎大吃一惊。他戴着花边围裙，里面是白衬衣和领带。"你应该把洗涤剂冲干净，"菲比说，"你用的是冷水吗？你应该用滚烫的水，那样才能杀死细菌。"

他没有转头看菲比。我想，他可能觉得，被人撞见洗碗很没面子吧。

"你那个盘子很可能已经洗得够干净了。"菲比说。温特博特姆先生用洗碗布一遍一遍地擦拭盘子，最后停下来，两眼向下直盯着盘子。我似乎看到，悲伤之鸟正在啄芬尼先生的头，而菲比正忙着去打败停留在她自己头上的鸟儿。

“你给妈妈所有的朋友都打电话了吗？”菲比问。

“菲比，”他说，“我正在了解这件事，我有点累了。我们现在不去说它，好吗？”

“可是，你不认为我们应该报警吗？”

“菲比……”

“莎尔想知道，我能不能去她家过周末。”

“当然可以。”他说。

“可是，我去了莎尔家，要是妈妈回来了怎么办？你会打电话给我吗？你会通知我吗？”

“当然。”

“还有，要是她打电话回家呢？那我就没法和她通话了。也许我应该待在家里，我想，如果她打电话来，我应该在家。”

“要是她打电话来，我会让她打到莎尔家找你。”他说。

“可是，如果我们明天早上还没有任何消息，”菲比说，“我们肯定应该报警。我想我们已经等得太久了。要是她被人绑架到某个地方，正等着我们去救她呢？”

那天晚上，我正在家里准备关于神话的报告时，菲比打来电话。她小声说，当她下楼去道晚安时，看见她爸爸坐在他最喜欢的椅子上看电视，可电视根本没开。他在擦眼睛。她很了解她爸爸，要不然，她会以为他刚哭过。“可是，我爸爸从来不哭。”

26

牺牲

这个周末显得超级漫长。星期六早上,菲比带着她的衣箱来到我家。我说:“我的天,菲比,你是打算在这儿住上一个月吗?”她迈步进屋,四处打量。我们的房子与她家很相像,只是我们家塞了更多的家具。我们河岸镇的房子很大,也不那么整齐,所以需要大块头、不那么规则的家具来填充。我们的大多数家具都来自爷爷奶奶和其他亲戚。河岸镇的人们总是把自己不再感兴趣的东西送给别人。

我领菲比上楼来到我的房间。她问是不是要和我同住一室。“为什么呀,菲比?当然不会。”我说,“为了你的到来,我们专门扩建了一个新房间。”

“你没必要这样挖苦我。”她说。

“菲比,我只是和你闹着玩的。”

“可是,只有一张床啊。”

“菲比,你的观察力还真不赖。”

“我以为你会去楼下睡沙发。人们一般都会尽量让客人舒适些。”她又看了一遍房间,又说,“我们在这儿会有点挤，对不对？”

我没有回答。我没有给她当头一棒，因为我了解她为什么会这样。她坐到我的床上，上下弹了几下。“我想，我得习惯你这弹性太强的床垫。我的床垫很结实，结实坚硬的床垫对你的后背有好处——你看我多么挺拔。你之所以无精打采，很可能是这床垫造成的。”

“无精打采？”我问道。

“行了，莎尔，你确实无精打采。有空照照镜子吧。”她在床上鼓捣着，“你一点不懂得待客之道吗？你应该把你最好的东西让给客人。莎尔，你应该做一点牺牲。我妈妈总是这样说。她说：‘生活中，你必须做一点牺牲。’”

“我想，你妈妈离开时，已经做了很大牺牲。”我忍无可忍地说，因为她真是烦死我了。

“我妈妈不是‘离开’，而是被人绑架了。她现在每时每刻都在承受巨大的牺牲。”她开始把箱子里的东西往外拿，“我的东西该放哪儿？”当我打开壁橱时，她说：“真是乱七八糟！你还有富余的衣架吗？”

“没有了。”

“那好，我的东西该放哪儿啊？难道我要让它们整个周末都挤在这箱子里吗？客人应该得到最好的待遇。这是起码的礼仪，莎尔。我妈妈说——”

“我知道，我知道——牺牲。”

接着，我坐到桌子边，快速地翻书，只听她大声地叹着气。“我是来做客的，既然你自顾自地做功课，我想我也要准备关于潘多拉的报告了。”她说，“我想，你没有别的书桌了吧？”

我站起身，低头看看床，又瞧瞧壁橱，看看天花板，说：“没有别的书桌了。”

“你犯不着这么讽刺我。”她重重地坐到床上，摊开她的书和纸，“我想我在这儿也可以做功课，虽然这对我的后背不好。”过了十分钟，菲比说她头疼。“我也许得了偏头痛。给我姑妈看脚的医生就常犯这种病，直到后来才发现，这根本不是偏头痛。你知道是什么病吗？”

“是什么？”我问道。

“脑瘤。”

“真的吗？”

“是啊，”菲比说，“在她的脑子里。”

“噢，当然是在她的脑子里，菲比。你说是脑瘤，我就知道了。”

“我觉得，对一个得了偏头痛或可能患了脑瘤的人，你这样说话，太没有同情心了。”

我的书里有一幅图，上面是一棵树。我画了一个卷毛头，画了一根绳子，一头系在下面的脖子上，另一头系到了树上。

类似的情形不断上演。那天我很憎恶她。我不在乎她妈妈带给她多少悲伤，我真的烦透了她，甚至想让她离开。我想，当我冲爸爸发无名火时，他也会有同样的感受。也许，他有时候也怨恨过我。

吃过晚饭，我们又去了玛丽·卢家。在房前的草地上，芬尼夫妇正和汤米、道格在一堆落叶里翻来滚去。本坐在前廊上。菲比去找玛丽·卢了，我则在本的身边坐了下来。

本说："菲比快把你逼疯了，是吗？"他和你说话时，会直视着你的眼睛。我喜欢他这样。

"完全疯了。"我回答说。

"其实她妈妈不在伦敦，是吗？"

"你为什么这么说？"

他看上去有点难过。"我也不知道。但愿菲比只是感到孤单。"

不知道受了什么力量的支配，我差点抬起手去摸他的脸。我的心咚咚直跳，也许他都能听见。我进了屋。从那儿，我可以透过后面的窗户往外看。芬尼夫人来到了后院，顺着架在车库墙上的梯子向上爬。到了房顶，她脱下身上的夹克，展开铺好。过了几分钟，芬尼先生也来到后院，同样爬上梯子。他也脱下夹克，在芬尼夫人的夹克边上铺好。他在房顶躺下来，伸开胳膊环抱着她。他吻了她。

他们就这样躺在露天的房顶上，相互亲吻。这让我感到有点眩晕。我想起来，在胎儿死亡、妈妈接受手术之前，我的父母也曾这样相亲相爱过。

本来到厨房。在伸手到橱柜拿杯子的时候，他停下来看着我。我再次产生那种奇怪的感觉，想触摸他的脸，触摸他脸颊上柔软的地方。我担心，也许一不小心我的手就会抬起来，向他漂移过去。这感觉真是奇妙极了。

"你猜，玛丽·卢在哪儿？"菲比走了进来，"她和亚历克斯在一起，在约会。"

"那倒不错啊。"我说。我还从没约会过。我想，菲比也没有。

晚上回到家,我从壁橱里把睡袋拉出来,铺在地上。菲比看着睡袋,像是面对一只蜘蛛。“别担心,”我说,“我会睡这里面。”我钻进睡袋,假装马上就睡着了。我听见菲比也上了床。

过了一会儿,我爸爸进了房间。“是菲比吗?”他问道,“有什么事吗?”

“没有。”她回答。

“我想,我听到有人在哭。你没事吧?”

“我没事。”她说。

“你确定吗?”

“是的。”

我替菲比难过。我知道,我应该爬起来,尽量变得温和一点。但我回忆起了自己当初有类似感受的时刻。我知道,有时你只想一个人和那些悲伤之鸟待在一起。有时你必须一个人哭。

那天晚上,我梦见自己坐在草地上,用望远镜凝视远处。在很远的地方,妈妈正在爬梯子。她爬呀,爬呀。梯子很高。她看不见我,不停地向上爬,再也没有下来。

27

电话

第二天，我帮菲比把衣箱拉回她家。在我家度过的一天当中，由于大部分时间都在做功课，我们没有太多争吵。去她家的路上，我说："菲比，我知道，你最近一直心烦意乱——"

"我最近没有心烦意乱。"她说。

"菲比，有时候，我很喜欢你——"

"是吗，谢谢你。"

"但有时候，菲比，我不得不承认，我真想拖着你这不含胆固醇的身体，穿过房间，直接把你从窗户扔出去。"

她还没来得及反应，我们就已经到了她家，她的兴趣转移到缠住她爸爸提问上。"有消息吗？妈妈回来没有？她打电话了吗？"

"可以说有吧。"她爸爸说。

"可以说？可以说什么？她在家吗？"

"她给卡达芙夫人打电话了——"

"卡达芙夫人？这是为什么？她为什么不打给我们？她为什么会——"

“菲比，冷静。我不知道她为什么给卡达芙打电话。我自己也还没有和卡达芙夫人说上话，她不在家。卡达芙夫人给我们留了一张便条。”他把便条拿给菲比看。

便条上写着：“诺玛来电话说，她没事。”卡达芙夫人的签名底下还有一段附言，说她不在家，到星期一才会回来。

“我不相信妈妈会打电话给卡达芙夫人。卡达芙夫人在编造谎言。她很可能杀害了我妈妈，把她剁碎，埋在了——”

“菲比·温特博特姆——”

“我要去报警。”菲比说。

他们吵翻了天，最后以菲比失败告终。他爸爸说，他已经给能想到的每个人打过电话，看菲比的妈妈是否透露过她可能去哪里。他答应明天还会接着打电话。等到星期一早上，他头一件事就是和卡达芙夫人聊聊。如果到星期三他还没有收到菲比妈妈的信——或是直接打来的电话——他就会报警。

我告辞的时候，菲比送我出门，来到前廊。她说：“我已经决定了，我要自己报警，我也可能直接去警察局。我没必要等到星期三，什么时候我想去了就去。”

当晚她又给我打电话，说了些悄悄话。她说：“这儿可真宁静啊。我不知道我这是怎么了。我躺在自己的床上，睡不着。我的床太硬了。”

28

潘多拉的盒子

到了星期一，轮到菲比做关于潘多拉的口头报告时，她几乎要崩溃了。等伯克威老师蹦蹦跳跳进了教室，菲比说她胸口疼痛，要去找护士。伯克威老师说："你为什么不先做报告呢？如果过几分钟还是感觉不对劲的话，你可以停下来，去找护士。"

"我没有诈病。"菲比说。

"诈病！多么好的一个词！"伯克威老师说。

菲比对伯克威老师心存恐惧。她完全相信，他就是杀手。她拿起笔记走到教室前面时，双手直颤。她满教室看了看。贝丝·安正在磨手指甲。玛丽·卢正在朝亚历克斯微笑。本忙着画卡通，画完一幅就随手递给想看的人。还有几个人在打哈欠。他们都不是理想的听众。

菲比开始做报告，声音颤抖。"由于某种原因，本在做普罗米修斯的报告时，已经谈到了我的话题，潘多拉。""普罗米修斯"的发音正确，没有读成"海豚"。菲比看上去松了口气。"但是，本说到潘多拉的时候，犯了几个小小的错误。"

台下每个人都扭头看着本。“我没犯错。”本争辩说。

“你犯错了。”菲比嘴唇战栗着说，“就像我刚才说的，关于潘多拉，本犯了几个小小的错误。潘多拉不是作为惩罚派给人类的，实际上是作为奖赏——”

“不是奖赏。”本不同意。

“就是。”菲比坚持。

伯克威老师说：“菲比，你能不能……”

“正如我所说，”菲比继续，“宙斯看见男人在大地上孤孤单单，只有动物做伴，就决定给他一份可爱的礼物，于是他创造了一个甜蜜美丽的女人。然后他邀请众神共进晚餐。那是一次非常文明的晚餐，桌上的餐盘全都是配套的。”

玛丽·卢和本扬了扬眉毛，交换了一下眼神。

“在这次非常文明的晚餐中，宙斯请众神赐予这个美丽的女人一些礼物，好让她感觉自己像贵客。”菲比瞟了我一眼，“众神赐予她各种各样的美好事物：精美的围巾、银制的衣裙，以及美貌——”

本插话说：“我想，你说过，她原来就已经很美丽了。”

“我知道。众神赐予她更多的美貌。这下你满意了吗？”她不再嘴唇颤抖，而是变得面红耳赤。“众神赐予她歌唱的本领，赐予她说服他人的能力，又赐予她金冠、鲜花，以及诸如此类的美好事物。由于这些礼物，宙斯为她命名为潘多拉，意思是‘最好的礼物’。”

她的心脏病症状明显消退了，她的演讲渐入佳境：“还有两件礼物，我没有提到。其中一件是好奇心。顺便说一句，这就是为什么所有女人都很好奇，因为这是最早的女人收到的礼物之一。”

本说：“我希望她得到的礼物中，有一件是沉默。”

“就像我刚才说过的，”菲比继续说，“潘多拉被赐予了好奇心。还有一个礼物，是一只美丽的盒子，上面饰以黄金和珠宝，可是——这也是很重要的一点——她永远不能打开盒子。”

本说：“既然如此，众神为什么还要给她？”

看得出来，他有意想激怒菲比。菲比说：“你听我说呀。因为这是一件礼物。”

“可是，既然不让她打开，为什么众神还要送她这件礼物？”

菲比被问住了。“我也不知道。故事里就是这么说的。就像我说过的那样，潘多拉不应该打开这个盒子。但是，由于这之前她已经被赐予了那么多好奇心，她实在、实在、实在很想知道盒子里面是什么。于是，有一天，她打开了盒子。”

“我知道了，”本说，“就在你说她不应该打开盒子的时候，我就知道，她一定会打开它。”

这时，日本同学美纱子举起手来。

菲比问：“你有什么问题吗？”

“盒子里是什么？”

“我正要告诉大家，就被本打断了。盒子里全是各种世间的邪恶。”

“什么是邪恶？”另一个日本同学吉田茂问。

“我正要解释呢。盒子里是各种世间的邪恶，譬如仇恨、嫉妒、瘟疫、疾病、胆固醇……”

伯克威老师直挠头。他看上去想插话，但还是什么也没有说。

菲比接着解释：“也有脑瘤，还有悲伤。有疯子，还有绑架和谋杀……”她瞟了一眼伯克威老师，很快接着说下去，“以及诸如此类的事情。潘多拉想合上盖子——她看见所有这些令人恐怖的东西从盒子里往外跑，她真的想合上盖子。但是，她没能及时合上。这就是为什么世界上会有各种邪恶。所以，当她合上盖子时，盒子里只剩下一件美好的事物。”

“那是什么？”本问道。

“我正要解释呢。盒子里唯一美好的事物，是希望。”

“什么是希望？”吉田茂问。

“希望？”菲比说，“嗯，希望就是……希望。就是希望……嗯。希望有点不好解释。”

“试试看。”伯克威老师说。

每个人都看着菲比。“那是一种感觉，希望某些美好的事情可能发生。那就是为什么，尽管世间有许多邪恶，但总还有一线希望。”她拿起一幅从书里复印的图片向大家展示：潘多拉打开盒子，各种妖魔鬼怪鱼贯而出，潘多拉大惊失色。

回家途中，我说：“你一定很紧张。”

“紧张什么？”菲比问。

“因为做报告紧张啊，菲比。天哪！”

“噢，不是的，”她说，“我一点也不紧张。”

晚上，我一直在想潘多拉的盒子。我想知道，为什么有人会把希望这样的美好事物和疾病、绑架、谋杀一起放进同一只盒子里。尽管如此，盒子里终归还有希望，这也算是不幸中的万幸了。否则，由于核战争、温室效应、炸弹、持刀凶手和疯子的存在，人们就只能永远听凭悲伤之鸟在头发里筑巢而居了。

一定还有另外一个盒子，里面都是各种美好事物，譬如阳光、爱、树木，诸如此类。要是谁有幸能打开这个“美好”的盒子，它的最深处是否也会有一件邪恶的事物？如果有，也许就是担忧。就算每件事情看上去都很美好，我还是担忧什么事情会出差错，进而改变一切。

在失去婴儿之前，我和爸爸妈妈似乎也曾尽享一切美好和幸福。你能确定，婴儿死了，是因为她从来没有呼吸过？她的出生和死亡，是不是同时发生的？你会不会在出生之前，就已死去？

菲比的家庭看上去从来不美好，在疯子和格言还未出现、温特博特姆夫人尚未失踪的时候，就不美好。我知道，菲比之所以坚信她妈妈被人绑架了，是因为除此之外，她无法想象她妈妈还能有其他离开的理由。我想打电话给菲比，告诉她，或许她妈妈是为了寻找什么而离去，或许是因为不快乐，或许菲比根本就无能为力。

我跟爷爷奶奶讲到这里的时候，爷爷说：“你是说，这跟菲比没什么关系？”

“对呀，”我说，“只要是菲比不知道的事情，不管它是什么，都和菲比没什么关系。”

爷爷和奶奶对视了一眼，什么也没说。但从他们的对视里，能够看出，我刚才说出了某种至关重要的东西。我突然第一次感到，也许妈妈的离开和我也没有任何关系。有些事本无关联。我们都不能把自己的妈妈据为己有。

菲比做完潘多拉的报告的那天晚上，我想到了潘多拉的盒子里的希望。也许，当所有事情都令人悲伤、痛苦的时候，我和菲比都还能心存希望，希望事情会回到正常的轨道上来。

29

黑山

当我们看见第一块黑山的路牌时,空中的低语声好像改变了。它不再提示“慢,慢,慢”,而是再一次发出指令:“加速,赶紧,加速。”我们在南达科他州逗留太久,日程只剩下两天了,但前面还有很长的路。

“也许我们不应该去黑山。”我说。

“什么?”爷爷问道,“不去黑山?不去拉什莫尔山?那可不行。”

“可是今天是十八号,已经是第五天了。”

“我们有一个最后期限吗?可没有谁告诉过我呀。”爷爷说,“真见鬼,我们的时间都花在了——”奶奶白了他一眼。“我们一定要去看那些黑山,”爷爷说,“小亲亲,我们会抓紧的。”

低语声淹没了我:“加速,加速,加速。”我知道我们已不能按时赶到爱达荷州了。爷爷奶奶参观黑山的时候,我想过悄悄溜走。或许我可以搭上一辆开得飞快的顺风车,但一想到有人驾车歪歪扭扭地在弯道上超速行驶——尤其是通往路易斯顿市的那些蜿蜒道路,我已经早有耳闻——

单是想一想,我就已经感到眩晕、反胃了。

“该死,”爷爷说,“我真应该把这方向盘交给你,小亲亲。这一路开过来,我快要发疯了。”

他只不过是开个玩笑,但他知道,我会开车。在我十一岁时,他就教我开过他的轻型货车。我们常常开着货车在爷爷奶奶农场的土路上四处跑,我负责驾驶,爷爷则边抽着烟斗边讲故事。他说:“小亲亲,你真是个呱呱叫的好司机,不过,我教你开车的事,你可不要让你妈妈知道,要不然她会把我打个半死。”

我过去很喜欢开那辆绿色的旧货车。我梦想着早点满十六周岁,到那时就可以取得驾驶执照了。然后妈妈离开了我们,我的想法也随之改变。我开始害怕过去毫不畏惧的事情,而驾驶就是其中之一。我甚至不再喜欢坐车,更不用说自己开车了。

黑山并不真是黑色的。松树覆盖山峦,暮色中也许会呈现出黑色。我们参观时正值中午,黑山一片深绿。那些起伏的深色山岭,令人感到一丝阴森气息。清凉的松风飒飒吹过,仿佛树木在传递私语。

妈妈一直希望能观赏黑山,这是她旅途中最为心驰神往的景观之一。她对苏族印第安人了如指掌,经常给我讲到苏族圣山——黑山。这是苏族的圣地,后来被白人定居者据为己有。苏族至今仍在为他们的土地而斗争。我有点期待一位苏族人骑马下山,禁止我们的车辆驶入。真要发生这样的事情,我会站在他那边。我会说:“拿回去吧,这本来就是你们的。”

这里基本已被毁掉了,真令人汗颜。整条路上到处是广告牌,提示你不要错过鳄鱼农庄,不要错过熊类营地,不要错过野牛公园。我们过了黑山,向拉什莫尔山前进。一开始,我们还以为走错了路;但后来,突然之间,目的地就出现在我们面前。峭壁高耸入云,从岩石上威严地俯视着我们的,正是华盛顿、杰斐逊、林肯和泰迪·罗斯福那高达十八米的面部雕像。

看见总统们的感觉确实不错,我并不反感他们。但是,你难免会想,苏族只能听任别人将白人的头像刻在他们的圣山之上,这是怎样一种悲哀?我敢打赌,妈妈面对此情此景,一定会感到悲哀。我不知道,那些把总统头像刻在岩石上的人,为什么不在那里也刻上几个北美土著?

爷爷奶奶看上去也很失望。奶奶甚至都懒得下车,所以我们没怎么停留。爷爷说:"我在南达科他州待够了,你怎么样,小亲亲?还有你呢,小醋栗?我们还是赶路吧。"

下午晚些时候,我们进入了怀俄明州境内。我算了算剩下的里程,我们也许能赶上——只是也许。这时爷爷开口说:"我们在黄石停下来,希望没人会介意。错过黄石,将是一种罪过。"

奶奶说:"'老忠实'是在那里吗?噢,我多想看看'老忠实'。"她回头看着我。"我们会抓紧的,哎,我打赌,我们会在二十号赶到爱达荷州,没有任何问题。"

爷爷说:"有什么理由吗?到爱达荷州的时间为什么非要是二——"奶奶向他投去意味深长的一瞥,爷爷没再往下说。"噢,嗯,"他说,"对啊,我完全赞成。"

30 潮起，潮落

“培比的妈妈有没有打电话？”奶奶问道，“她回家了吗？培比打电话报警了吗？噢，真希望故事的结局不要太悲伤。”

菲比果真去报警了。那天早些时候，伯克威老师为我们朗诵了一首诗，是关于潮汐和旅行者的。这首诗让我和菲比都很难过。我想，正是这首诗最终使菲比坚信，她必须向警察报告母亲失踪的事。

伯克威老师以他惯常的风格跳过门廊，挥舞双臂，说：“多么美好的一天啊！”还说：“人生难道不是很辉煌吗？”

菲比朝我凑过来，说：“他可真能装。他不想让任何人知道，他是个卑鄙的杀人狂。”

伯克威老师读了一首朗费罗的诗，题为“潮起，潮落”。诗中一而再、再而三地反复咏唱着“潮起，潮落”。当伯克威老师用他的方式朗诵的时候，你仿佛真能听到潮水涨上去落下来、涨上去落下来的声音。在这首诗里，旅行者匆忙赶往一座小城，天色越来越暗，大海呼唤着旅行者。然后，海浪“用它们柔软、洁白的手”拂去了旅行者的足迹。第二天早晨：

白昼又回到海岸，可是
一去不返的，是这位过客。
潮起，潮落。

伯克威老师要求大家说说对这首诗的感受。梅甘说，这首诗听起来柔软、温和，差一点让她沉入梦乡。

“温和吗？”我说，“它并不温和。相反，还很恐怖。”我的声音在颤抖，但我无法控制。“这个旅行者沿着沙滩漫步，夜色黑暗，旅行者不断回头，看身后是否有人跟踪。就在他回头的时候，一个大浪扑上来，把他卷进了大海。”

“一个凶手。”菲比说。

我一口气说下去，仿佛这是我自己的诗作，而且我就是专家。“海浪用它们‘柔软、洁白的手’抓住了旅行者，淹没他，要了他的命。他从此消失得无影无踪。”

本说：“也许他不是被淹死的，也许他只是死了，像正常人死去那样。”

菲比说：“他就是淹死的。”

我说：“死去就是不正常的。这不正常，而且很恐怖。”

梅甘说：“那天堂呢？上帝又在哪儿呢？”

玛丽·卢说：“上帝？这首诗里提到上帝了吗？”

本说：“也许，死亡就是正常而恐怖的。”

下课铃响了，我冲出教室。菲比抓住我。“过来。”她说。

从上锁的小柜里,她取出了从家里带来的证物。我们一起狂奔六个街区,来到了警察局。我不知道我为什么要和菲比一起去。可能是因为这首关于旅行者的诗,也可能是因为我开始相信菲比那些关于疯子的话,还有可能是因为菲比将要采取行动,所以我佩服她。真希望当初妈妈离开时,我也能有所行动。我不知道自己能做什么,但我还是希望我做了点什么。

我和菲比在警察局外面站了五分钟,想让心跳慢下来。然后我们走进去,来到了柜台边上。在柜台里面,一个耳朵奇大的瘦男人正在一个黑色笔记本上写着什么。

“打扰您了。”菲比说。

“我这就过来。”大耳朵警察说。

“事情非常紧急。我要找人报告一起谋杀案。”菲比说。

那位警察迅速抬起头来。“你是说,谋杀案?”

“对,”菲比回答,“或者,也有可能是绑架。但是,绑架也会转为谋杀。”

“你在开玩笑吧?”

“不,这不是玩笑。”菲比说。

“等一分钟。”“大耳朵”走向一位穿深蓝色制服的胖女士,朝她低语了几句。胖女士转身看看我们,朝柜台走过来,斜靠在上面。她戴着眼镜,镜框又大又圆,镜片很厚。“有什么事要我效劳吗?”她问道。菲比解释的时候,她面带微笑。“也许,这是你们女孩子从书上看来的故事?”

“不,不是。”我说。我想,当我为菲比辩解时,事情出现了转机。我不喜欢这位女士看我们的神情——好像我们是两个傻瓜似的。我想让她明白，菲比为什么如此悲伤。我想让她相信菲比。

“我想知道，是谁被绑架或谋杀了？”女士问道。

菲比说：“是我妈妈。”

“噢，你妈妈。那请你过来。”她的声音变得又甜又柔，就像对要上洗手间的小孩子说话似的。

我们跟着她进了一间装有玻璃隔板的小屋。屋里的桌子后面坐着一位头大脖子粗、肩膀宽阔的大个子男人。他大红头发、麻子脸，见到我们进屋也没有一丝笑容。女士把我们的话转述给他，他听了之后盯着我们看了好半天。

他说他是比克尔警官，菲比也报了自己的姓名。然后她将一切和盘托出，说到她母亲失踪，说到卡达芙夫人的便条，也说到卡达芙夫人不知所终的丈夫和杜鹃花丛，最后说到疯子和神秘的信件。这时，比克尔警官问道：“什么样的信件？”

菲比自然是有备而来。她从书包里取出那些信件，按收件的时间先后顺序摆到桌上。他大声地逐条念了出来：

不要急于评判他人，除非你已穿上他的鹿皮靴走过两个月亮。

每个人都有自己的议程。

在整个人生旅程中，它真的很重要吗？

你不能阻止悲伤之鸟飞过头顶，但你可以不让它们在你的头发里筑巢。

比克尔警官抬头看了看坐在我们旁边的女士,他的嘴角出现一抹不易觉察的颤动。他问菲比:“你认为这些格言和你妈妈的失踪有什么关系吗?”

“我也不知道,”菲比说,“我就是想请你们去查清楚。”

比克尔警官要求菲比拼出卡达芙夫人的姓氏。“就是尸体的意思,”菲比说,“死尸。”

“我知道了。你还有什么想给我们看的吗?”

菲比拿出装有来路不明的发丝的信封:“也许你们可以把这些拿去化验。”

比克尔警官又看了看那位女警,他的嘴角再次出现轻微的颤抖。女警把眼镜摘下来,擦了擦镜片。

见他们没太把我们当回事,我那驴脾气一下就上来了。我提到菲比用胶带标记的疑似血迹。

“可是,我爸爸把胶带揭掉了。”菲比说。

比克尔警官说:“好了,谢谢你们,温特博特姆小姐和这位——”

“希德,”我说,“莎拉曼卡·希德。”

“温特博特姆小姐和希德小姐,麻烦等我几分钟好吗?就在这里等一下,没问题吧?”比克尔又对女警说:“麻烦你陪陪这两位年轻女士。”

于是我们就和那个女人坐在那里等候。她询问了菲比的学校以及她父母和姐姐的情况。她的问题可真多啊。我一直在想:比克尔警官去哪儿了?什么时候回来?一个多小时过去了,他还没有回来。我注意到他的桌子上有三个相框,里面放了照片。我很想探过身子去看这些照片,但我不能那样做，我担心女警会觉得我太爱管闲事了。菲比想试戴女警的眼镜，女警便把眼镜递给了她。

“天哪！”菲比说，“你看到的世界和我看到的肯定大不一样。”

“是的，”女警说，“我也这么认为。”

“我视力正常，真令人高兴。”菲比说。

比克尔警官终于回来了，身后跟着菲比的爸爸。菲比如释重负。但我知道，她爸爸和我们都出现在警察局，这绝不是巧合。

“温特博特姆小姐，”比克尔警官说，“你爸爸来接你和希德小姐回家。”

“可是——”菲比说。

“温特博特姆先生，我们会再联系你。还有，记住，如果你想让我去找卡达芙夫人聊聊——”

“噢，不了，”温特博特姆先生说。他看上去很不自在。“真的不必了。我实在很抱歉。”

我们跟着温特博特姆先生出了警察局。在车上，他一言不发。我想他路过我家时会让我下车，但他没有。我们到了他家，他只说了一句话：“菲比，我这就去找卡达芙夫人问问，你和莎尔在这里等我回来。”

他去见过卡达芙夫人就回来了，说她对菲比妈妈的来电也没有更多的消息。卡达芙夫人只是转述了温特博特姆夫人的话：“告诉乔治，我还好。我很快会打电话给他。告诉他，如果可能，我现在就会打，但是我还不能。”

“就这些吗？”菲比问。

“你妈妈还问卡达芙夫人，你和普鲁登丝怎么样。卡达芙夫人就把她所了解的情况告诉了你妈妈，说你和普鲁登丝都还好。”

“噢，我可不好，”菲比说，“卡达芙夫人知道什么，再说，她满口谎话。你应该让警察去调查她。你也应该问问她的杜鹃花丛是怎么回事。你还应该弄清楚这个疯子是谁，很可能是卡达芙夫人雇了他帮忙。你应该——”

“菲比，你的想象力就像是脱缰的野马。”

“我可没有胡说。”

“菲比——”

“妈妈爱我，”她说，“她不会无缘无故地丢下我的。”

这时，她爸爸哭了。

31

不速之客

“糟透了！”爷爷说，“那么多悲伤的鸟儿飞进了培比家里。”

奶奶说：“你喜欢培比，是吗，莎拉曼卡？”

我的确喜欢菲比。撇开她那些漫无边际的幻想、对胆固醇的疯狂排斥和烦人的评论不说，菲比的确具有某种磁石般的吸引力，吸引着我去亲近她。我非常了解，那所有怪异行为的深处，藏着一个担惊受怕的女孩。此外，奇怪的是，她就像是我的翻版——我有时习惯沉思默想，而她却通过言行把我的所思所想表达了出来。

我以为菲比不会真打算闯入卡达芙夫人家里。她正要睡觉时，看见卡达芙夫人穿着护士服上车离开了家。菲比等她爸爸睡着，给我打来电话。“你得过来，”她说，“情况紧急。”

“可是，菲比，太晚了，外面一片漆黑。”

“莎尔，真有急事。”

菲比说她会在卡达芙夫人家门口等我，那里没有灯光。

菲比说："快点过来。"说完，她就起身出门了。

我承认，我很不情愿。"菲比——"

"嘘，我只是想很快地看一眼。"她溜到前廊上，站到门边。她听了听，轻轻拍了两下门。

"菲比——"

"嘘。"她转动门把手，门没有上锁。"很明显，卡达芙夫人和帕特里奇太太都不担心会有疯子。"菲比悄悄说，"你不觉得这意味着什么吗？"

我想菲比不是存心要进去，但是她进去了，我也跟随她进了卡达芙夫人家。我们站在黑暗的门厅，街灯的光线从窗户照进右侧的房间，我们进了这个房间。这时，突然听到有人问话："是莎尔吗？"我们俩吓得差点跳窗逃命。我开始朝门的方向撤退。

"活见鬼。"菲比说。

"到这儿来。"那个声音说。

我的双眼逐渐适应了昏暗的光线，看见离我们最远的角落里，有人正蜷缩在椅子里。直到看见那根手杖，我才松了口气。"是帕特里奇太太吗？"

"到这儿来，"她说，"谁和你在一起？是菲比吗？"

菲比回答说："是我。"她的嗓门很高，带着颤音。

"我坐在这里读书。"帕特里奇太太说。

"可这儿光线不是很暗吗？"我问道。我摸索着朝她走过去，被一张桌子绊了一下。

帕特里奇太太发出了邪恶的笑声。"这儿总是这么暗。我不需要灯光。不过你要是想开灯的话，可以打开。"

我跌跌撞撞地到处找开关，菲比则一动不动地站在门厅。“你瞧，”我说，“这下好多了。”帕特里奇太太坐在一张宽大的、配有加厚软垫的椅子上，身穿绛紫色浴袍，脚上粉红拖鞋的脚趾部位是耷拉着的兔耳装饰。她膝上放了一本书，她的手指放在书页上。“这是盲文吗？”我问，“我可以看看吗？”我招手让菲比也过来，我担心她会跑出去，把我丢在这里。

帕特里奇太太把书递给了我。我的手指在那些凸起的小点上移动。我闭上双眼。用这种方式读书一定很难，你的手指必须像眼睛一样工作，才能“看见”这些凸点的形状。“您怎么知道是我们？”我问道。

“我就是知道，”她说，“你的鞋子发出一种特别的声音，而且你有一种特别的味道。”

“您在读什么书？是写什么的？”

帕特里奇太太说：“《午夜凶杀案》，一部推理小说。”

菲比说：“呃。”同时四下打量着房间。

每次进入这所房子，我都有新的发现。这真是个可怕的地方：墙边是一排书架，上面摆满了旧书。房间看上去就像博物馆之类的地方，里面摆满了稀奇古怪的物件。地板上铺了三块小地毯，上面是阴森森的猛兽螺旋图案。两把椅子上也有类似图案，令人胆寒。沙发上则覆盖着一张熊皮。

长椅后面的墙上，挂着两个非常狰狞的非洲面具。面具张着大口，仿佛正在呐喊。目光所到之处，都是骇人的东西：一只毛绒松鼠，一只龙形风筝，还有身上插了一把长矛的木头奶牛。

“我的天！”菲比叫道，“这么多——稀罕东西。”

“四下随便看看吧。”帕特里奇太太说。

菲比屈膝检查地上的一个斑点。

“有什么不对劲吗？”帕特里奇太太问。

菲比跳起来，“没什么，什么也没有。”

“是我掉了什么东西在地上吗？”帕特里奇太太问道。

“没有，地上什么都没有。”菲比说。沙发靠背上斜放着一把长剑。菲比试了试剑锋。

“当心，不要划伤自己。”帕特里奇太太说。

菲比后退了几步。我也发现了这件令人不安的怪事：帕特里奇太太看不见菲比，却对菲比的一举一动明察秋毫。

帕特里奇太太问：“这间屋子难道不豪丽吗？”

“豪丽？”菲比反问。

“是啊！我觉得它最豪丽了——而且还有点古奇。”

“古奇？”菲比又问。

“我和菲比得走了……”我们撤退到门口。

“顺便问一下，”我们走到门厅时，帕特里奇太太问道，“你们想要什么？”

我和菲比面面相觑。“我们只是路过，”我说，“我们只是想看看您还好吗。”

“你们真好，”帕特里奇太太拍着膝盖说，“噢，菲比，我想我见到你哥哥了。”

菲比说：“我没有哥哥。”

“噢？”帕特里奇太太敲敲自己的头，“我想，这脑袋瓜子不像以前那么灵光喽。”我们离开时，她说：“天哪，你们这两个女孩睡得太晚了。”

出了门，菲比说：“至少我可以做一点初步调查，又不会打草惊蛇。我会列一个单子，写上警察需要进一步调查的物品：长剑、地上的可疑斑点，还有我拾到的几根头发。”

“菲比，你知道，你说过你妈妈永远不会不做解释就离开？噢，她会的。一个人——一位母亲——有可能会那样做的。”

菲比说：“我妈妈不会的。我妈妈很爱我。”

“但是，虽然她爱你，也可能一直没法去解释。”我想到妈妈留给我的那封信。“也许，这对她来说太痛苦了，所以没法解释。也许，那意味着永远离开。”

“我不知道你到底在说什么。”

“她可能不会回来了，菲比——”

“莎尔，你闭嘴。”

“她可能再也不会回来了。我只是觉得，你应该有所准备——”

“她会回来的，一定会。你不知道自己在说些什么。你变得很讨厌。”菲比跑进了屋。

我回到家，偷偷溜进自己的房间。我想起有天晚上爸爸对我说过类似的话。“她不会回来了。”他就这样直截了当地说。我说：“她会回来的，一定。”他说：“不，她不会。”我们就这样你来我往地争论不休。我当时很想菲比，无论如何都不肯相信。

前一天，菲比让我看了她房间里的一些东西，这些东西总是让她想起她母亲：一张手工制作的生日贺卡，一张菲比和妈妈的合影，一块薰衣草香皂。菲比从衣柜里拿出一件衬衫，说她能看见妈妈站在熨衣板边上，用手抚平衬衫的样子。菲比说："有一次，我妈妈说，她觉得自己是世界上唯一真正喜欢熨烫衣服的人。"菲比床对面的墙被刷成了紫罗兰色。她说："这是去年夏天我妈妈刷的，底下的装饰是我刷的。"

我非常了解菲比正在做的事，也知道她这样做的原因。我妈妈离开后，我也做过同样的事。爸爸说得对——妈妈的身影确实经常出现在河岸镇的田间地头、房屋和牲口棚里。她无处不在。没有一样东西，你看了不会想起她。

我们刚搬到欧几里德市时，我最先做的事情就是把妈妈给我的礼物从行李中取出来。墙上用图钉固定的两幅画都是妈妈作为生日礼物送我的：一幅是我五岁生日时得到的红母鸡张贴画，另一张是我最近一次过生日时妈妈画的牲口棚。我桌上放着她的照片和她送的贺卡。书架上摆放的木制动物和书，也是妈妈送的礼物。

有时候，我会在房间里转上一圈，看看每一样礼物，想记住她送我这些礼物的准确日期。我想勾画出当时的场景：天气是什么样子，我们在哪个房间，她穿什么样的衣服，她说的每一句话。这不是游戏。这是很重要的事情，必须去做。假如我没有这些礼物，就想不起这些场景，那她就会永远消失，像压根儿没有存在过一样。

在我书桌的抽屉里，放着三件东西，是妈妈离开后我从她的壁橱里拿出来的：一块红色流苏披巾，一件蓝色毛衣，一条我一直最喜欢的、印有黄色花朵的棉布连衣裙。这些物件上都还有她的气息。

妈妈离开前，有一次，她说如果你幻想某件事会发生，你就能使它变成现实。比如，你要参加赛跑，你就幻想自己跑啊跑，第一个抵达终点。说声“变”，那时，它就会真的发生。我唯一搞不懂的就是：要是每个人都幻想自己赢了比赛，情况又会怎么样呢？

尽管如此，当妈妈离开后，我还是这样做了。我幻想她伸手去够电话，幻想她在拨号，幻想家里的电话号码正在通过线路嗒嗒嗒地传过来，幻想电话铃声响起。

但是，没有来自妈妈的电话铃声。

我幻想她乘坐巴士回到河岸镇，幻想她走上我家的车道，幻想她推开房门。

但是，这一切都没有发生。

我和菲比潜入卡达芙夫人家的那个晚上，我想到了这一切，也想到了本。我有一种突然的冲动，想跑去芬尼家，问问他，他自己的母亲在哪里。但时间太晚了，分尼家应该早就睡了。

我只好作罢。我躺在床上，想起那首关于旅行者的诗。我仿佛能看见潮起潮落的情景，那些令人恐怖的白色的手抓住了旅行者。那位旅行者的死，怎么可能是正常的？这样一件事，怎么可能既正常又恐怖？

我彻夜未眠。我知道，只要合上双眼，我就会看见那潮水和白色的手。我想到温特博特姆先生的哭泣。那真是最让人难过的事，甚至比看见我爸爸哭泣还要令人难过。因为我爸爸就是那样的人，你知道他在很悲伤的时候会哭。但我从来没料到，温特博特姆先生——那样刻板而不动声色的人——竟然也会哭。我第一次意识到，他其实也很在乎温特博特姆夫人。

天一亮，我就给菲比打了电话。“菲比，我们一定得找到她。”

“这就是我一直在对你说的呀。”她回答。

32

照片

接下来，就到了最“古奇”的一天。

菲比来到学校，带来了她早上刚在前廊上发现的又一条格言：只有等到井枯之日，才会懂得水的价值。“这是一条线索，”菲比说，“也许我妈妈被人藏在了某口井里。”

我去小柜子取东西的时候，正好碰到了本，空气中都能闻到他身上那种葡萄柚的芳香。他的视线越过我，看向菲比。菲比正在往教室里走。“她打算每天都穿那件破破烂烂的旧毛衣吗？”他问道。

“那件毛衣不破也不烂，”我说，“那是她妈妈的毛衣。说到妈妈，我想说——我想问问你——”我想设法问问他的妈妈，但他打断了我。

“你脸上有什么东西，”他说。他抬起手，用柔软、温暖的手指在我一边脸上揩了揩，“你可能是吃完早饭没有擦脸。”

我不知道自己是怎么回事，我想吻他。我靠过去，正赶上他转身砰地关上小柜的门，结果我的嘴唇碰到了冷冰冰的金属柜上。

"莎尔,你真奇怪。"他说完,走进班里。

我明白了,亲吻要比我想象的复杂得多。这需要天时地利,还要二人保持静止,才不会吻错了地方。事实上,当吻到冰冷的金属柜时,我也松了口气。我真的不知道自己被什么力量控制了。我也不能想象,如果这个吻正好落在本的嘴唇上,又会发生什么样的故事。真是想想都让人战栗啊。

接下来的课堂上,我努力使自己的嘴唇不至于失控。这一天仿佛又将成为正常的一天——直到英文课的上课铃响起,一切还算正常。伯克威老师怀里抱着那些日记本,神气活现地进了教室。我都已经忘记那些日记了。他四处连蹦带跳地宣称:"激动人心!不可思议!难以置信!"他说,他急于让全班一起来分享这些日记。

玛丽·卢·芬尼说:"全班一起分享?"

伯克威老师说:"别担心!每个人都有美妙的内容值得一提。我还没有读完每一页,但给我的印象已十分深刻,所以我迫不及待地想和你们分享其中一些段落。"

教室里,大家都在不安地扭来扭去。我努力回想自己都写了些什么。玛丽·卢凑过来对我说:"噢,我才不用担心呢。我在日记前面写了一个特别声明,明确地要求他不要读我的。我的日记都是私密的。"

伯克威老师对教室里所有紧张的面庞报以微笑。"你们不必担心,"他说,"我会换掉你们提到的每个人名,万一你们有人会因为分享思想和言论而感到紧张,我还会把这张黄色的纸折好,遮在我念的日记本封皮上,这样你们就不知道那是谁写的啦。”

本请求上洗手间。克里丝蒂声称有点不舒服，想去趟医务室。菲比要我摸摸她的额头，因为她确定自己在发烧。伯克威老师环顾着教室。一般情况下，他会准许我们在课堂上去洗手间或医务室，但这次他说：“不许诈病！”他拿起一本日记，飞快地用黄纸挡在上面，这样大家都看不清封皮，也就无法猜出是谁写的了。每个人都深吸了一口气。看得出来，大家都在强作镇定，紧张地等待着，仿佛伯克威老师就要宣判某个人的死刑。伯克威老师念道：

我认为贝蒂（听得出来，他换了人名，因为我们学校没有人叫贝蒂）真该下地狱，因为她总是滥用上帝之名。每五秒钟，她都会说一遍“上帝”。

玛丽·卢·芬尼的脸色红得发紫。“谁写的？”她问道，“是你吧，克里丝蒂？肯定是你干的，我敢打赌。”

克里丝蒂耷拉着眼皮，盯着自己的课桌。

“我可没有每五秒钟就说一遍‘上帝’。我没有。而且我也不会下地狱。”

伯克威老师想插话平息争吵。“抱歉——”

“万能，”玛丽·卢接着说，“这才是我现在的口头禅。我说‘万能’，还有‘阿尔法’和‘哦米嘎’！”

伯克威老师急于解释，他为什么会选中这段话。他说，我们大多数人都没有意识到，当我们说“上帝”这样的词语时，可能会冒犯别人。玛丽·卢靠近我说：“他是当真的吗？

他真是打心眼儿里相信那牛肉脑袋克里丝蒂会因为我说‘上帝’而烦恼吗？顺便说一下，我已经不再说‘上帝’了。万能！”

克里丝蒂脸上是一副虔诚的表情，仿佛上帝亲自从天堂降临人间，正好坐到了她的课桌上。

伯克威老师很快地挑了另一本日记，打开念道：

琳达（我们班也没有叫琳达的）是我最好的朋友。我对她无话不说，她也什么事都告诉我，甚至连那些我不想知道的事也不例外，比如她早饭吃了什么、她爸爸穿什么衣服睡觉、她的新毛衣花了多少钱。有时候，诸如此类的事情真让人心烦。

伯克威老师正在点评，说自己是多么喜欢这段日记，因为它说明，尽管某人是我们最好的朋友，他或她也可能会让我们发疯。贝丝·安的身子完全掉转过来，向玛丽·卢投来怨恨的一瞥。

伯克威老师把这本日记往后翻了几页，开始念另一段：

我觉得杰里米（当然，我们学校也没有叫杰里米的）真是猪头……他的皮肤总是粉红的，他的头发总是一尘不染、光彩夺目……但他是个真正的笨伯。

我想，玛丽·卢就要从椅子里跌下来了。亚历克斯的皮肤正是亮粉色的。他看着玛丽·卢，就像她刚把一块烧得火红的木炭塞进了他心里。玛丽·卢说："不——我——不是，不是你想象的那样——我——"

美纱子问："什么是笨伯？"她接连问了二十遍。

伯克威老师试图说明，他之所以喜欢这段话，是因为其中表现了对某个人的矛盾感情。

"我想说，确实如此。"

下课铃响了。一开始，你能听到如释重负的叹息，那是日记还没有被读的同学发出来的。随后，大家开始滔滔不绝地议论。"嘿，玛丽·卢，快看亚历克斯的粉红皮肤。""嘿，玛丽·卢，贝丝·安的老爸穿什么睡觉？"

贝丝·安就站在玛丽·卢身边，几乎紧贴着玛丽·卢的脸。"我可没有说个没完，"贝丝·安说，"你真不厚道，竟然提到这些。而且我也没有告诉你所有事情。我跟你说起我爸爸穿什么睡觉，只是因为我们刚好聊到了。如果你还记得的话，我们还聊到了男人的泳衣要比女人的更舒适……"她没完没了地说着。

玛丽·卢想穿过教室去找亚历克斯。亚历克斯正站在另一边，皮肤红得无以复加。"亚历克斯！"她喊道，"等一下！那是我以前写的——等一下……"

真是乱成了一锅粥！我很庆幸能抽身走开。我和菲比还要去警察局。

这回我们在警察局没有逗留太久。我们进去，直接找到比克尔警官。菲比把最新收到的关于井水的格言"啪"地拍到他桌上，把她从卡达芙夫人家搜集到的头发倒在那条格言上面，然后把她开列的"须进一步调查的物品清单"

放在最上面。

比克尔警官眉头紧锁。“我想，你们女孩子不会懂的。你们为什么不把这些东西带回家，做点有利于健康的事，比如到街上跑跑步，或者去打打网球？”

菲比大发雷霆。“你这个白痴！”她骂道。她一把抄起桌上的格言、头发和清单，跑出了办公室。比克尔警官看了我一眼，跑去追菲比。我在办公室等着，以为他会把菲比带回来，让她冷静一下。我把目光投向他桌上的照片，那正是头一天我想看却没能看清楚的。一张是比克尔警官和一位面善的女士的合影——我猜那女人是他妻子；第二张是一辆乌黑锃亮的汽车；第三张是比克尔警官、那位女士和一位年轻人——我猜那是他们的儿子。我凑近看了看。

我认出了照片上的年轻人。正是那个疯子。

小鸡和黑莓之吻

爷爷驾车飞速穿过怀俄明州，急得像火烧了眉毛。我们在蛇一样的道路上蜿蜒前行，两旁的树木倾斜过来，仿佛发出沙沙的声音：“加速，加速，加速。”公路随着河流千回百转，河水波浪翻滚，也仿佛在说：“快，快，快。”

等赶到黄石，天色已晚，能参观的只有一处温泉。我们踏上木板铺成的小道，脚下两边都是汩汩冒泡的泥沼。“万岁，万岁！”奶奶欢呼着。我们住进了“老忠实”客栈的“边境木屋”。我从未见过奶奶如此激动，她迫不及待地盼着快点天亮。“我们就要去看老忠实了！”她念叨了一遍又一遍。

“不会耽搁太久吧？”我问道。奶奶如此心驰神往，让我觉得自己就像头大煞风景的骡子。

“莎拉曼卡，别担心。”奶奶说，“我们只看一眼冲天老喷泉就上路。”

整晚我都在向木屋外面的榆树许愿，希望我们不要遭遇任何事故，能按时赶到路易斯顿市，为妈妈过生日，然后带她回家。我后来才知道，我当时真应该为别的事情祈祷。

当晚，奶奶因过于兴奋，整夜没有睡着。她絮絮叨叨地说了很多陈年旧事。“还记得鸡蛋贩子的那封信吗，就是你在床垫下面找到的那封？”她问爷爷。

“见鬼，我当然记得。我们为它吵得不可开交。你还想解释，说你压根儿不知道信是从哪儿来的；还说，一定是那个鸡蛋贩子悄悄溜进我们的卧室，把它藏到了床垫底下。”

“哈，我现在告诉你，其实是我把它放在那里的。”

“我知道，”爷爷说，“我又不是大呆瓜。”

“那可是我收到的唯一一封情书，”奶奶说，“你从没给我写过。”

“行了，你从没跟我说过你稀罕那玩意儿。”

奶奶对我说：“为了这封情书，你爷爷差点杀了那个收鸡蛋的。”

“真见鬼，”爷爷说，“他不值得我动手。”

“也许吧，”奶奶说，“但是格罗瑞娅真该杀。”

“噢，没错，”爷爷把手放到心口做昏厥状，喊道，“噢，格罗瑞娅！”

“得了吧，你。”奶奶说。她翻身侧卧，对着我说：“跟我讲讲培比。讲讲她的故事。不过，可不要太悲伤。”她双手交叠放在胸口，“讲讲那个疯子后来怎么样了。”

前面说了，我在比克尔警官的办公桌上看到了疯子的照片。我闪电般地冲出房间，看见比克尔警官站在停车场上，菲比杳无踪影。我一路跑到她家。路过卡达芙夫人家时，帕特里奇太太在前廊招呼我。

我停下脚步。“您穿戴得很整齐，”我说，“要去什么地方吗？”

“噢，是的，”她说，“我准配好了。”

“您是说‘准备’好了吗？”

“对，我已经准配得很充分了。”她用手杖在前面探路，步履蹒跚地走下台阶。

“您走路去吗？”我问。

她下完台阶，碰碰双腿：“像我这样移动双脚，难道不是走路吗？”

“不，我是说，您要步行到要去的地方吗？”

“噢，对我这双老腿来说，那可太远了。吉米会来接我，他马上就到。”帕特里奇太太来到了便道上。她竟然没有跌倒，真是个奇迹。她迈步如此自信，基本不靠拐杖。一辆汽车在房屋前面停下来。“他来了。”她招呼开车的人说，“我准配好了。我说过我会准配好的，可不，我已经等在这儿啦。”

开车的人跳下汽车。竟然是伯克威老师！“莎尔？”他说，“我不知道你们是邻居。”

“我们不是邻居。”我说，“事实上，菲比才是邻居。”

“是吗？”他说。他替帕特里奇太太打开车门。“来吧，妈咪。”他说，“我们走吧。”

“妈咪？”我问道。我看着帕特里奇太太，“这是您儿子？您是他母亲？”

“哎呀，当然啦，”帕特里奇太太说，“这是我的小吉米。”

“可是，他是伯克威老师……”

帕特里奇太太说：“我也曾经姓伯克威，后来改姓帕特里奇，直到现在。”

“那卡达芙夫人又是谁？”我问。

“我的小玛吉，”她回答，“她以前也姓伯克威，现在姓卡达芙。”

我对伯克威老师说：“卡达芙夫人是您的姐姐吗？”

“我们是双胞胎。”伯克威老师答道。

“他们真是像极了。”帕特里奇太太说。

他们开车离开之后，我敲响了菲比家的房门。我敲啊敲，没人答应。回到家，我一遍又一遍地拨打菲比家的电话，没人接听。

第二天在学校看见菲比，我总算长出了一口气。“你去哪儿了？”我问，“我不停地打你家电话——我有事要告诉你……”

她转过身，说：“我不想说话。”

“可是，菲比——”

“我没心情讨论。”她说。

我真搞不懂她这是怎么了。这一天糟透了：我们测试了数学和科学；法语老师整堂课都在训话，说我们学习太散漫；午餐时，菲比也不搭理我；接下来又到了英文课。

伯克威老师快步走进教室。教室里有咬手指头的，有跺脚的，有扭来扭去的，有看上去像得了大面积溃疡的。大家都想知道，伯克威老师会不会接着读日记。我一直目不转睛地瞪着他。他和卡达芙夫人真是双胞胎？那可能吗？如果真是这样，那他就不会爱上卡达芙夫人，娶她为妻，带她远走高飞了。这真是最令人绝望的事。

伯克威老师打开壁柜，取出那些日记，拿一张黄纸遮住其中一本，念道：

这是我喜欢简的原因：（不消说，没有叫简的，他编了一个名字。）她冰雪聪明，但从不表现出无所不知的样子。她很可爱，身上散发着好闻的气味；她很可爱，总是让人发笑；她很可爱，待人亲切友好。对了，我说过她很可爱吗？

伯克威老师念日记的时候，我感觉双臂如有针刺。我不知道，这是不是本在写我。随后我想起来，本写这些日记时，应该还没见过我。大家都坐不住了，在椅子上转来转去，教室里响起一阵嗡嗡声。克里丝蒂面带微笑。梅甘面带微笑。贝丝·安面带微笑。玛丽·卢面带微笑。教室里所有女生都在微笑，都认为这段日记写的就是自己。

我仔细观察每个男生。亚历克斯若无其事地看着伯克威老师，日本同学吉田茂坐在后排打瞌睡，其他人都在涂鸦。然后我看见了本，他坐在那里，双手捂住耳朵，眼睛向下盯着桌面。针刺般的感觉从我的双臂向上传到脖子，然后向下传遍脊柱。那段日记的确是本写的，但里面提到的人不是我。

伯克威老师大声地说："啊，爱情。啊，生活！"他一边赞叹，一边又抽出另一本日记，念起来：

简对男生的事情一无所知。她有一回问我亲吻是什么味道。可见她还没有吻过任何人。我告诉她，亲吻就像鸡肉的味道，她竟然相信了。她有时真的呆若木鸡。

玛丽·卢差点从座位上一跃而起。“你这个卷心菜头，”她对贝丝·安喊道，“你这个牛肉脑袋。”贝丝·安把一绺发丝缠在手指上绕来绕去。玛丽·卢站起来。“我才不相信你，而且我也知道亲吻是什么味道，根本就不是鸡肉味！”

面对这一通发作，伯克威老师瞠目结舌。

本画了一幅漫画：两个紧挨着的图形在接吻，它们上方的对话框里画了一只鸡，这只鸡叫道：“啵，啵——啵，啵——啵。”

伯克威把这本日记向后翻了几页，接着念道：

我讨厌做这些。我讨厌写字，讨厌阅读。我讨厌日记，我特别讨厌英文课，老师只知道大谈那些白痴的象征。我讨厌那首关于雪夜林地的白痴诗歌。我讨厌人们说，诗中的林地象征死亡，或者美，或者性，或者任何你想要的老掉牙的东西。我讨厌这些。也许，林地就是林地而已。

贝丝·安站起身，挑战般地环视了一下教室。“伯克威老师，”她说，“我讨厌这些事。我确实讨厌学校，讨厌课本，讨厌英文。我确实讨厌象征，而且，我还特别讨厌那些白痴日记。”

教室里鸦雀无声。伯克威盯着贝丝·安看了足有一分钟。这一分钟里，我又想到了卡达芙夫人。在这短暂的时间里，他的眼睛与卡达芙夫人很相像。我担心他会掐死贝丝·安。但他随后就笑了，那双友好的、奶牛般的大眼睛又回来了。我想他一定是对贝丝·安施了催眠术，我看见她慢慢地坐了下来。伯克威老师说：“贝丝·安，你的感觉，我完全能够体会。完完全全。我喜欢你写的这段话。”

“你真的喜欢？”她问。

“写得多么诚实啊。”

我得承认，贝丝·安竟敢告诉英文老师，她讨厌象征、英文和那些白痴日记——没有人比她更诚实了。

伯克威老师说：“我过去也曾有过完全相同的感受。”

“真的吗？”

伯克威老师说：“关于这些象征之类的东西，我当时也搞不懂。”他在讲桌上搜寻着。“我想给你们展示一下。”他抽出一沓纸，把它们摊得到处都是。最后，他手里拿了一幅画：“啊，在这儿。振奋人心的作品！”他把这幅画拿到本的面前。“这是什么？”他问道。

“很显然，是一个花瓶。”

伯克威老师又把这幅画拿到贝丝·安跟前。她看上去像要哭了。伯克威老师问：“贝丝·安，你看到了什么？”一滴眼泪流下她的脸颊。“没事吧，贝丝·安，”伯克威老师问道，“你看到了什么？”

“我没有看到什么白痴花瓶，”她说，“我看见两个人，他们在对视。”

“正确。”伯克威老师说，“真棒！”

“我说对了吗？”贝丝·安问，“真棒？”

本说：“喂？两个人？”我也在琢磨，什么两个人？

伯克威老师对本说：“你也没错，你也很棒！”他问每一个人，“多少人看到的是花瓶？”大约半数人举起了手。“多少人看到了两张脸？”其他人纷纷举手。

随后，伯克威老师教大家怎样才能看见两种图形。如果你只看画面中心的白色部分，就会清楚地看到花瓶。如果你只看两侧的深色部分，就会看到两个人的侧影。花瓶的曲线，正好构成两个面对面头像的轮廓。

大家都在惊呼，“哇”“太妙了”“天哪”“太酷了”。吉田茂和美纱子以手掩嘴，咯咯笑个不停。“是的，是的，”他们说，“是的，是的。”

伯克威老师说，这幅画和象征有点相似。也许画家只想画一只花瓶，也许很多人在画里只能看到花瓶，那也很好；但是假如有人看到了两张人脸，那又有什么不对呢？对他来说，这就是人脸。更神奇的是，你可能两样都能看到。

贝丝·安问：“两样都能看到，又有什么用呢？”

“两样都能发现，这难道不是很有趣吗？”伯克威老师说，“发现‘雪中林地’可能象征死亡和美——我想，甚至还有性，这不是很有趣吗？哇！这就是文学！”

“他提到性了吗？”本嘟哝道。他在笔记本上把那幅画照着画了下来。

我想，伯克威老师那天不会再念日记了。没想到他说："让我再选一两批出来。这回我从底下抽一本，我都还没有读过。我随机选择。"他表演似的闭上双眼，从一堆日记靠近最下面的部位抽取了一本。他仍然闭着双眼，很快地把黄纸盖到日记上面。但为时已晚，我知道那是我的。因为我的日记本与众不同，别人都是蓝色小本，而我用的是纯白色的练习簿。我连寻死的心都有了。伯克威老师念道：

她把几粒黑莓抛到嘴里，然后环顾四周——

我忍无可忍，想让他停下。他没有停，接着念道：

她快走几步，来到枫树的树干旁边，张开双臂合抱它，还啧啧有声地亲吻了树皮。

大家吃吃地笑了。噢，我多么希望伯克威老师就此打住，但他没有。

……我想我能辨认出一处小小的黑斑，那就是黑莓之吻。

本的视线越过教室，投向我。读了我妈妈的黑莓之吻，伯克威老师还读了我如何吻那棵树，后来又如何吻了各种各样的树，那些树的味道如何各不相同，以及如何将各自的味道和黑莓的味道混合在一起。

读到这里,由于本和菲比都看着我,其他同学也都朝我看过来。“她亲吻树?”梅甘问。要不是伯克威老师及时换了另一本日记,我真有可能随时毙命。他用手指翻到日记中间的一页,念道:

我密切关注——

伯克威老师低头盯着那一页,看上去像认不出那些字,又像是在找一个名字来替代日记里的真名。他接着读:

我密切关注——

他又停下来。他清清嗓子,又试了一次。

我密切关注死尸,呃,死尸夫人。她行为可疑,说明是她杀害了自己的亲夫——

伯克威老师卡住了。菲比安安静静地坐着,但双眼在不停地眨动。

“继续,”本说,“接着念完啊!”

看得出来,伯克威老师现在对读日记这件事深感懊悔。但教室里到处都有人在喊:“对,接着念完啊!”他只好硬着头皮念下去:

我相信,她把丈夫埋在了自家花园里。

这时,下课铃响了。大家都快疯了。

“哇,一起谋杀。谁写的?”

“这是真事吗?”

我知道他们还会问个没完,但我没有工夫留下来听。我飞快地冲出教室去追菲比。我听见伯克威老师在叫菲比的名字,但她已经走了。我跑过走廊时,听见梅甘问我:“你亲吻树吗?”我一路狂奔出了大楼,但菲比已无影无踪。

白痴日记,我想。见鬼的白痴日记。

34

访客

在黄石国家公园旁边的“边境木屋”，爷爷奶奶都还醒着。“你们不困吗？”我问道。

奶奶说：“不知道犯了什么毛病，我一点也不想睡觉。我想知道，培比后来怎么样了。”

爷爷说：“那些日记显然引起了轩然大波——轰动程度差不多能赶上鸡蛋贩子的情书。”

“那是我这辈子收到的唯一的情书。”奶奶叹息道，“多给我们讲讲培比，不过不要讲得太悲伤。”

“我再给你们讲讲伯克威老师的家访，讲完休息。”

前面说到，伯克威老师念了我日记里的“黑莓之吻”、念到了菲比日记里的“卡达芙夫人和死尸”、放学后我没能追上菲比。这一天晚饭后，我来到了她家。菲比、普鲁登丝和她们的父亲还坐在饭桌边上。普鲁登丝还在喋喋不休地讲啦啦队的事情。她一边拍手，一边背诵新口号：“二四六八，看谁顶呱呱？”

“菲比，你一点东西都不吃吗？”她爸爸问道。

“二四六……”普鲁登丝把动作改成了空中挥拳。

“我们上楼吧。”菲比对我说。

到了菲比的卧室，我说：“我有两件重要的事情要告诉你——”

门铃响了。菲比说：“嘘。”我们仔细听楼下的动静。“听声音像是伯克威老师。”

“我要告诉你的事情之一，”我说，“正是关于伯克威老师——”

有人敲菲比卧室的门。她父亲说：“菲比？你能跟我下楼去吗？莎尔，也许你也应该一起去。”

由于菲比在日记里把卡达芙夫人描绘成杀人凶手，我以为伯克威老师会怒不可遏。最糟的是，菲比至今还不知道卡达芙夫人是伯克威老师的胞姐。我感觉我们就像待宰的羔羊。带我们走吧，我想。带我们走吧，快点杀了我们。我们跟着菲比的父亲来到楼下，见伯克威老师坐在沙发上，手里拿着菲比的日记本，表情十分尴尬。

“那是我的私人日记。”菲比说。

伯克威老师点头说：“我知道。”

“里面是我自己的私人想法。”

“我知道。”伯克威老师又说了一遍，“我不该当众念你的日记，我向你道歉。”

道歉？我总算松了口气。屋子里一时静得出奇，我能听见窗外风吹落树叶的声音。

伯克威老师清清嗓子。“我想解释一下，”他说，“卡达芙夫人是我姐姐。”

“你姐姐？”菲比问道。

“她丈夫去世了。”

“我猜也是。”菲比说。

“但不是她杀害的，”伯克威老师说，“一个醉酒司机开车猛地撞向他的汽车，他死于车祸。我妈妈——帕特里奇太太——和卡达芙先生，当时都在车里。你知道，我妈妈捡回一条命，但从此双目失明。”

“噢——”我说。菲比双眼盯着地面。

“当人们将他们二人送到医院时，我姐姐玛格丽特正好是急诊室的值班护士。玛格丽特的丈夫当晚就死了。”

伯克威老师说话的时候，菲比的爸爸一直坐在她旁边，把手搭在她肩膀上。给人的感觉是，只有把手搭在那儿，才能防止菲比蒸发到空气中，从此消失。

“我只是想让你知道，”伯克威老师说，“卡达芙先生并没有埋葬在我姐姐的花园里。菲比，我也是刚知道你妈妈的事，我为她的失踪感到难过。但我想向你保证，玛格丽特不会去绑架、杀害你妈妈。”

伯克威老师走后，菲比和我坐在前廊上。菲比说：“如果卡达芙夫人没有绑架并杀害我妈妈，那她在哪儿？我能做点什么？我该去哪儿找她？”

“菲比，”我说，“有件事，我不得不告诉你。”

“莎尔，你又来了。要是你想告诉我她再也不会回来的话，我不想听。你可能也该回家了，你可能也该——”

“情况不是这样，菲比。我知道那个疯子是谁了。他是比克尔警官的儿子。”

接下来，我们设计了一套方案。

晚上回到家里，我满脑子全是卡达芙夫人。我看见她穿着白色护士服，在急诊室里忙碌；救护车闪着蓝光减速停下；她顶着一头飞扬的红发快步走向弹簧门；担架从门口推进急诊室；卡达芙夫人低垂的目光投向担架上的人。

我能体会到，当她意识到担架上躺着的是她的丈夫和母亲，她的心是怎样狂跳不已。想到卡达芙夫人伸手触摸她丈夫的面庞，我自己的心也开始狂跳。我就像穿上了她的鹿皮靴，我的心随她一起跳动，我的双手同她一起被冷汗浸湿。

我开始想，假如悲伤之鸟从此在卡达芙夫人的头发里筑巢，那么，她又是怎样摆脱它们的？她丈夫不治身亡，母亲双目失明，这将对她的整个人生带来很大的影响。我仿佛看见，当卡达芙夫人竭尽全力想要挽救丈夫和母亲生命的时候，别人仍在继续按自己的“议程”生活。她有没有为什么事后悔过？在水井未枯之时，她是否懂得水的价值？

接下来，我又重温了那些格言——关于鹿皮靴、议程、悲伤之鸟、水井和整个人生旅程。这所有的格言都已侵入我的大脑，影响到我看待事情的方式。

“您困了吗，奶奶？”我问道。一口气说了这么多，我的声音已经变得沙哑。

“我还不困，小亲亲。不过你该睡了。我打算躺一会儿，想想事情。”她用胳膊肘碰了碰爷爷，“你忘了说婚床的事。”

爷爷打了个哈欠：“对不起，醋栗。”说完，他拍拍床，把关于婚床的话又念叨了一遍。

35

老忠实

第二天本来有可能成为爷爷奶奶生命中最美好的一天，但事实上却成了最糟糕的一天。一大早，我就被空中的低语声唤醒。这一天是六号，再过一天就是妈妈的生日了。我们得离开怀俄明州，穿越蒙大拿州。爷爷早早起床，但奶奶还躺在床上，双眼瞪着天花板。“您睡着没有？”我问她。

“没有，”她答道，“我一点不想睡觉。我可以晚些再睡。我们上路吧。”她起身下了床。“我们去看看老忠实。为了看它，我都等了一辈子了。”

在旅馆大堂吃完早饭后，我们开车上路，沿着老忠实的标牌驶入黄石公园。“你知道，”爷爷逗乐说，“这儿大概有一万个喷泉，我们为什么非要去看那个老家伙呢？”

“我就要看老忠实。”奶奶说。

“你看来是铁定了心喽，对吗？你这个死脑筋的醋栗。”

“我是九头牛也拉不回了。”奶奶说。

我们停车，爬上一座低矮的小山。初见之时，这喷泉并不起眼，我担心奶奶会大失所望。山腰上有一个土堆，土堆四周是一圈绳结圈起的围栏，围栏外面是成群的游客。

因为到得早，我们占据了围栏边上的有利地形。地上全是烂泥，被围起来的土堆中心是一个泉眼，离我们约有二十英尺。

“真见鬼，”奶奶说，“我们就不能离得更近点吗？”

我和爷爷走开去看关于老忠实的告示。这时，一名公园管理员从我们身边飞奔过去，喊道：“女士！那位女士！”他边喊边向围栏跑去。

“活见鬼。”爷爷说。

奶奶正从绳子下面往围栏里面爬。管理员拦住她，说：“女士，我们用绳子挡在这里，是有道理的。”

奶奶掸掸裙子上的泥土：“我只是想看得真切一点。”

“不必担心，”管理员说，“您会一饱眼福的，请回到围栏后面去。”

按告示上的介绍，老忠实再过一刻钟就要喷水了。围栏边上的人越来越多，各种年龄的都有：有哇哇啼哭的婴儿，有坐在折叠椅上的老奶奶，有头戴无线耳机的青少年，有正在亲吻的夫妇。还有人说的不是英语：我们边上是一个意大利旅游团，对面则是德国旅游团。有黑皮肤，也有黄皮肤。

奶奶弹着所有手指，越来越激动。“到时间了吗？”她不停地问，“总该喷水了吧？”

离老忠实喷涌而出还有几分钟时，人群开始安静下来。每个人都在盯着泉眼，每个人都在倾听。

“到时间了吗？”奶奶问道。

泉眼里面传来微弱的声音，一小股水流喷了出来。我旁边的男子说："噢，这就是全部吗……"

随后又有声音传来，比第一次更大些，吱吱嘎嘎的，很刺耳，就像走在砂石路面发出的响声。接着，两股泉水时断时续地喷涌出来。

"噢……"这位男子叫道。

接下来，我们听到的声响就像是散热器开了锅，又像是茶壶的蒸汽冒起来顶着盖子。老忠实嘶嘶作响，热气腾腾。猛然间，一股水流迸发出来，高度大约是三英尺。

"噢……"男子喃喃自语，"这就是全部吗——"

更多的蒸汽翻滚着，嘶嘶地咆哮着。一股大得惊人的水柱汹涌而出，攀升，再攀升，然后越来越多的水柱加入，直到喷泉汇集成一整条水流，竖直地冲向天空。"多像是倒挂的瀑布！"奶奶感叹道。嘶嘶的轰鸣声一直不绝于耳，我敢说，脚下的大地都在隆隆作响并为之颤动。暖湿的水雾向我们奔涌着扑来，人们开始后退。

只有奶奶没有后退。她站在那里，仰面迎着水雾，双眼盯着泉水，笑得合不拢嘴。"噢，"她喊道，"噢，万岁，万岁！"她的欢呼声飘进空中，与喷泉的巨响融合在一起。实际上，这欢呼声是她唱出来的。

这时，爷爷顾不上观赏喷泉，而是看着奶奶。他双手环绕拥抱着她。"你喜欢这个老喷泉，对不对？"他说。

"噢！"奶奶回答，"噢，是的，喜欢极了！"

我身边的男子张大了嘴，盯着老忠实。"老天爷，"他说，"老天爷，这真是太神奇了！"

慢慢地，老忠实开始回落。我们看着它消退，重新回归泉眼。曲终人散，我们仨还站在那里，迟迟不肯离去。最后，奶奶叹了口气，说："好啦，我们走吧。"

我们坐进车里，正准备离开时，奶奶哭了起来。"见鬼，"爷爷说，"这是怎么回事？"

奶奶还在抽泣。"噢，没事，"她说，"我只是高兴。看到了老忠实，真让人高兴。"

"你这个老醋栗，"爷爷说完发动了汽车。"我们要'吃掉'蒙大拿州，晚上我们会赶到'爱的火'。瞧我的。我会把油门直踩到底……"他一脚踩下去，汽车蹿出了停车场。"'爱的火'，我们来啦！"

36

计划

接下来的一整天，我们果然把横贯蒙大拿州的公路“吃掉”了。这段路在地图上看起来并不长，但沿途遍布群山。离开黄石后，我们开始在落基山麓的小山之间穿行，整天爬上爬下。有时，盘山公路就像蛇一样绕过悬崖，形同虚设的护栏外面就是万丈深渊。当我们驶过弯道时，经常会迎面遇上野营挂车，眼睁睁地看着那庞然大物在弯道的另一侧招摇而过。

“这路真不是人开的。”爷爷嘴上虽这么说，但实际上却表现得像个骑旋转木马的小男孩。上坡的时候，他为汽车鼓劲：“嘚儿——驾！快点爬。”下山的时候，他则喊道：“嘿——呀！”

我感到自己像被撕裂成了两半。其中一半迷上了沿途风景。我得承认，要说风光秀丽，这里与河岸镇好有一比——甚至更胜一筹。这一路有树木、岩石和山峰，有河流、花朵，还有驯鹿、驼鹿和野兔。这是一个迷人的国度，也是一个辽阔的国度。

但另外半个我，就像一团担惊受怕、颤抖不止的果冻。

我仿佛看见我们的汽车冲破护栏，一头栽下悬崖。每逢弯道，我就会想象我们刚转过弯就直冲向迎面而来的卡车或野营挂车。每次看到大巴，我都发现它们车身向一侧倾斜，高速旋转的车轮惊险地压过道边的碎石，颠簸着向前，“吃掉”山路，挑战急弯。

奶奶静静地坐着，双手交叉放在膝上。她刚度过了一个不眠之夜，我以为她会睡上一觉，但她没睡。她想听培比的故事。这样一来，我整天都在讲培比。我一边领略途中美景，想象着我们遭遇了一千次车祸，并向转瞬即逝的树木许愿；一边不停地讲故事。我想用一整天，把菲比的故事讲完。

前面讲到，伯克威老师出现在菲比家，给我们讲了卡达芙夫人的经历。第二天，我和菲比就要实施我们的计划了。首先，我们要寻访到比克尔警官的儿子；然后，按菲比的说法，要找到她母亲的下落。我不能肯定比克尔警官的儿子是疯子，也不确定他能否让我们找到菲比的母亲。但菲比推测出来的那些故事，我听得太多了，它们已被植入我的大脑，挥之不去，所以我顺理成章地参与了这个计划。和菲比一样，我也准备好了采取某种行动。

这天在学校里，我们早就坐不住了。菲比尤其迫不及待，同时又忧心忡忡。她害怕发现她母亲已经不在人世，我也开始有同样的担忧。

在学校，大家都还在为念日记的事议论纷纷，都想知道是谁写了那个谋杀案的开头。亚历克斯躲着玛丽·卢，因为对方说他是个粉红的“笨伯”。玛丽·卢则躲着贝丝·安，因为对方在日记里写到了鸡肉味的亲吻。梅甘和克里丝蒂取笑贝丝·安说：“你真的跟玛丽·卢说过，亲吻的味道就像鸡肉？她真的相信了吗？”见到我则打趣说：“你真的亲吻过树？你不知道你应该去亲吻男孩吗？”

由于别的原因，那天我心里老是想着亲吻的事，似乎空气里都充满了亲吻的味道。

吃中饭的时候，我的餐盘碰到了本的嘴。他或许正瞄着我的手，打算亲一下（很奇怪他会这样做），结果可想而知：他只好一把抹掉满脸的面包皮，猛地冲出了教室。

英文课上，大家都缠着伯克威老师，要他接着读昨天刚开了个头的日记，继续分享那个关于“死尸夫人”和“花园埋骨”的故事。但伯克威老师没有再读日记。相反，他还向大家道歉，因为大声地念出那些私密的想法，伤害了大家的感情。然后他让我们去图书馆。

到了那里以后的半小时里，本一直尾随着我。我在小说专区看书时，他就在我身边。我走开去翻杂志，他也跟过来取一册浏览。有一回，他的脸碰到了我的肩膀。他一定在盘算着吻我一下，我明明有所察觉，却又无可奈何。每当他的嘴冲着我时，我总是情不自禁地抽身避开。我需要给他来点警告。

我试着好几分钟完全不动。这期间我察觉到，本有几次微微地向我探过身来，但每次都半途撤回，好像有一根无形的线在牵制着他。

在图书馆的另一头，贝丝·安叫道：“莎尔，这儿有只蜘蛛——噢，莎尔，杀死它！”

放学铃声响起，我和菲比像离弦之箭般冲出了学校。到了菲比家，我们查了电话簿。“我们得快点，”菲比说，“要赶在普鲁登丝或我爸回家之前。”电话簿里一共有六个姓“比克尔”的，我们挨个拨打这些号码，每拨通一个，就说要找“比克尔警官”。前两个接电话的人说我们打错电话了；第三个号码占线；第四个没人接听。第五个是一位脾气暴躁的女人接的，她说：“我可不认识什么警官！”

第六个号码拨通了，接电话的是一个老年男人。他一定是太孤独了，因为他不停地说，他二战时曾经认识一个叫弗里曼的中士[①]，不过那是一九四四年的事了，早就失去联系了。他想了想又说，他还认识两位中士，一位叫“骨头”，另一位叫“邋遢”，也可能叫“拉塔”，他记不太清了。不过，他不认识比克尔警官，虽然说认识一个与他同姓的警官倒也很不错。

“接下来，我们该怎么办？”菲比急得哭了，“普鲁登丝随时可能到家，可我们还没搞明白，哪一个才是我们要找的比克尔。”

“我们再试试刚才占线和没人接听的两个号码。”我说。

占线的号码还是忙音。先前没人接听的号码响了半天，就在菲比打算挂断的时候，她听到有人接了电话。“你好，”她说，“请找一下比克尔警官，好吗？”然后停下来听对方

① 在英文里，中士与警官都是“Sergeant”这个单词。

说话。“他还在上班吗？”菲比欢欣雀跃。“谢谢您，”她假装很严肃地说，“我一会儿再打。不了，不需要转告。谢谢。”

“就是他了！”她放下电话，叫道，“就是他，就是他，就是他！”她紧紧抱着我，把我勒得半死。“我们这就走，”她说，“快点，要不普鲁登丝就回来了。”她从电话簿上抄了比克尔家的地址，给普鲁登丝和她爸爸留了便条，说她和我去图书馆了。

比克尔家离菲比家三英里。我们先坐公共汽车，下车后又走了半英里，走走停停，问了差不多三十次路。我原以为我们会找不到，没想到最后竟然找到了。比克尔家坐落在一片新开发区的砖墙平房当中。我们沿街道来回溜达，可以看见比克尔家客厅里的灯光，但他家的车道上没有停车。

“要是比克尔警官开车过来看见我们，怎么办？他可能会把我们抓起来的。”菲比说，“我们去那边的树底下等着。”我们来到与比克尔家相距几座房屋的一片空地，坐在草坪上。“他家怎么没人出来？”菲比问道。

一辆车出现在拐角，然后驶入了比克尔家的车道。“噢，上帝。”菲比叫道。比克尔警官缓慢地从车里走出来。我们看他进了屋，又等了半个钟头。“情况有变，”菲比说，“我想我们得实行第二步了。你来负责实施，就在今晚。”

我到家时，爸爸正在厨房来回踱步。“你去哪儿了？你怎么也不给我留个字条？”他想叫我跟他一起去玛格丽特·卡达芙家吃晚饭。“我去不了，”我说，“我作业多得要命，根本写不完——”

他很失望。“那我也不去了。”他说。

“不，你去吧。真的，我想让你去。我会把剩下的意大利面热一下当晚饭。不骗你。我下次和你一起去，我保证。”

等到七点钟，我拨通了比克尔家的号码。我祈祷不要碰上比克尔警官来接电话。万一真是他，我准备用假声。电话响了好一会儿。我先挂了电话，把嗓音和对白又演练了一番，又试拨了一次。响过第七声，有人接听了。正是比克尔警官。

“我叫苏珊·朗费罗，”我说，“是您儿子的朋友。”

“是吗？”他说。

“您能不能请他接一下电话？”我反复祈祷，但愿他只有一个儿子。

“他不在家，”比克尔警官说，“你需要留个口信吗？”

“您知道他什么时候会在家吗？”

那边停顿了一下。“你怎么说你认识我儿子？”他问道。

真让人紧张啊。“我怎么认识您儿子？噢，说来话长——我——基本上是这样认识他的——事实上，说来有一点难为情，”我双手直冒汗，差点抓不住话筒。“是在图书馆里，是的，我其实是在那里认识他的，他借了一本书给我，但被我弄丢了，我想——”

“也许，这些事你该去向他解释。”比克尔警官说。

“是的，也许我是该那样做。”

“我不知道他为什么给你这个号码，”他说，“我不知道他为什么没给你他在学校的号码。”

在学校？“其实，情况是这样的，我想他确实给过我那个号码，但被我弄丢了。”

“你一定弄丢了很多东西。”他说。

“对，我就是这样，脑子记不住事。我——”

“你需要他在学校的号码吗？”

“是的，”我说，“或者，最好是……也许您可以把他的地址给我，这样我好把书还给他。”

“我想你说过，书已经弄丢了。”

“事实上是这样，但我希望还能找到。”我说。

“我知道了，”他说，“等一分钟。”他应该是用手捂住了话筒，有一阵我什么也听不清。然后听他说：“亲爱的，麦克的地址在哪儿？”

麦克！太棒了！一个名字！我感觉自己就像总督察！就像我刚刚发现了世纪刑事大案中最为重要的线索一样。最可夸耀的是，比克尔警官给了我麦克的地址。我非常想告诉比克尔警官，他儿子可能是疯子，然后就立即结束通话。但我还是忍住了。我谢过他后，立即给菲比打了电话。

“你真是太有才了！”她说，“明天我们就会抓住疯子麦克。”

37

寻访

接下来就到了周六。我和菲比到达公交车站，看见本也站在那儿。“噢，真烦人。”菲比嘀咕道，“你在等公交车吗？你是去‘歌声瀑布’吗？”

“是的。”他回答。

“是去大学吗？”

“不是。”本伸手把遮住眼睛的一绺头发拨开，朝街道上张望。“那儿有家医院，我去看望一个人。”

“那你也要坐这趟公交车了？”菲比问。

“是的，‘自由的蜜蜂’，我也要搭这趟车。你不介意吧？”

我们仨挤在公交车最后一排长椅上。我坐在菲比和本中间，胳膊相互紧挨着。本问我们去“歌声瀑布”干什么，菲比说我们去大学看一个老朋友。一路上，本的手臂一直紧挨着我的。每次经过弯道，不是他向我倒过来，就是我向他倒过去。“对不起。”他说。“对不起。”我说。

到了“歌声瀑布”，公交车像老牛一样吼叫着开走了，我们站在人行道上。“大学就在那边……”本指了指前面的路，“再见。”他说完就朝相反的方向走了。

“哦，老天，”菲比说，“噢，老天哪，本为什么要和我们搭同一辆车？我都紧张死了。”

我也感到紧张，但那是由于别的原因。现在，每当和本在一起，我都会皮肤发痒，脑子里嗡嗡作响，全身的血液左冲右突，就像锅里沸腾的咖啡一样。

按照我们得到的地址，麦克·比克尔住在新生宿舍。那是一幢三层砖结构建筑，有上百个窗户。“噢，不会吧，”菲比快哭了，“我还以为只是个小房子什么的。”在宿舍门口，学生们进进出出。门前的草坪上，有人从上面走过，有人坐在草地或长椅上看书。宿舍的门厅设有接待室，一位英俊的男青年站在桌子后面。“你去问问，”菲比说，“这事我可不行。”

我感觉我们俩非常显眼。到处都是成年的大学生，相比之下，我们这两个十三岁的女孩还只是“小不点”。菲比说：“我真想戴个什么伪装一下。”她边说边揪毛衣上的线头。

我向桌子旁边的男青年解释说，我要找我的堂兄麦克·比克尔，但不确定他是不是住在这幢宿舍。男青年咧嘴露出单纯的一笑，真是帅极了。他查了花名册，说：“你们可算找对地方了，209房间，你们可以上去了。”

菲比紧张得差点说不出话来。“你是说女孩也能上去——你是说我们可以直接去他的房间？”

“这个宿舍里既有男生也有女生，”男青年说，“女生也住这里。你们当然可以上去。请走那边……”他做了个指路的手势。

我们穿过一道又一道双开弹簧门。菲比说:“真的,我的心脏病快犯了,我知道的。我干不了这件事。我们快离开这儿吧。”我们从过道尽头的出口溜之大吉。“我是说,假如我们去敲他的房门,他来开门,然后把我们拽进房间,割断我们的喉咙,那该怎么办?”

学生们在草坪上走来走去。我想找一张没人的长椅,可以和菲比坐一会儿。这时我注意到,就在草坪的那边,有一个男人和一个女人的背影。他们手拉着手,女人转头面向男子,亲吻他的脸颊。

“菲比——”长椅上坐着的,正是菲比的母亲。她正在亲吻的,正是那个疯子。

38

初吻

菲比大惊失色，气急败坏，但这次她比我勇敢。她还能去看那个场面，我却做不到。我拔腿就跑，头也不回地飞奔，以为菲比也会跟我一起逃离。我猛冲到大街上，努力回忆公交车站的位置。后来我看见了那家医院，才知道自己已经跑过站了。我冲进医院以后，发现菲比没有跟来。

我接下来做的事，只能用“灵机一动”或“第六感”来解释。我问接待员，我可不可以去看望芬尼夫人。她翻了翻名册。“你是她的家庭成员吗？”她问道。

“不是。”

“那恐怕不行，”她说，“芬尼夫人住在精神科病房，名册上写着‘只限家人探视’。”

“我是来找她儿子的，他来这儿看望他妈妈。”

“他们可能出去了，你可以到后面去看看。”

医院后面是一大片有斜坡的草坪，旁边是花园。草坪上到处是长凳和椅子，大多数都被病人和访客占用了。这景象和我刚离开的校园很相似，但这里没有人在看书，而且有些人穿着长袍病号服。

本盘腿坐在地上，面前坐着一个身穿粉色长袍的女人。她正烦躁不安地摆弄着长袍的腰带。我穿过草坪的时候，本看见了我，站了起来。“这是我妈妈，”他说。她没有抬头看我。“妈咪，这是莎拉曼卡。”她只顾摆弄腰带。我说“您好”，但她还是没有看我，反倒站起身来，开始在草坪上漫无目的地走动，就当我们不存在似的。本和我跟着她。

她的神情举止，让我不禁想起了母亲刚出院时的情形。她本来在屋里做着什么事，做到一半时，她会停下来，走到门外。刚爬到半山腰，她就会坐下来歇口气。她会揪一把杂草，起身接着朝山上走一小段。有时候，妈妈会走进牲口棚，用桶装满鸡饲料，但还没走到鸡窝，她又放下饲料桶，走向别的方向。当能走得更远时，她会去田地和牧场漫步，像蛇一样迂回前行，脚下游移不定，似乎拿不准该去什么地方。

我们跟着本的母亲在草坪上来回走动，她似乎从未注意到我们的存在。最后，我说我该走了。就在这时发生了一件事。

就在那一瞬间，我们都有了同样的“议程”。我看着他，他看着我。我们的脑袋相互靠近。这一定是慢动作，因为我还有时间想起伯克威老师那张二人隔着花瓶对视的图片。我飞快地想，我们之间是否也能构成一只花瓶的图案呢？

假如真有一只花瓶，我们一定会把它挤得粉碎，因为我们的头已经完全接触到，我们的嘴唇也在正确的地方“着陆”，碰到了对方的嘴唇。这是一个真正的吻，感觉并不像鸡肉的味道。

后来,我们的头慢慢地分开。我们的目光盯着草坪。我感觉自己就像那匹新生的马驹,一无所知,却又感知到了一切。

本碰碰自己的嘴唇:“你是不是觉得有点像黑莓的味道?”

39

吐唾沫

故事讲到这里，被奶奶打断了。“噢，好啊，好啊，好啊！”她说，“我为这个吻等了好些天了。我真的很喜欢故事里有一些美妙的吻。”

“她可真是个醋栗。”爷爷说。

这时，我们正在穿过蒙大拿州。我不敢在地图上查看我们的进度，也不愿发现我们无法及时赶到目的地。我想，如果我不停地说话，心底不停地祈祷，如果我们一直沿着那些山路前进，就一定还有机会。

奶奶说：“可是，培比怎么样了？还有她妈妈亲吻那个疯子，后来又怎么样了？我可不太喜欢那个吻。我喜欢另一个——和本的那一个。”

从医院出来，我打算顺着原路回去找菲比。我决定先找到公交车站，到那时再看我是否有足够的勇气继续去找她。但当我到公交车站时，发现菲比已坐在那儿的长凳上了。

“怎么样？”我问道，“发生了什么事？”

"你去哪儿了？"

我没有跟她提我看见本和他母亲的事。我想说，但没法说。"我很害怕，菲比，我不能待在那儿。"

"我还以为你比我勇敢呢。"她说，"噢，好了，没关系。没什么大不了。我觉得恶心。"

"究竟怎么回事？"

"没什么。他们坐在那儿的长椅上，看上去很快乐。要是我像你那样会扔石头，我一定会对准他们的后脑勺狠狠地来一下。你注意她的头发没有？她剪成了短发。还有，你知道我妈妈都干了什么？她正说着话，突然扭头朝草坪上吐了口唾沫。吐唾沫！真恶心。在她吐唾沫的时候，那个疯子，你知道他干了什么？他在大笑。然后，一扭头，他也吐了一口。"

"他们为什么要那样做？"

"谁知道啊？我都恶心死了。我妈妈就待在那儿好了，我才不在乎呢。她不需要我，不需要我们任何一个人。"

回家路上，菲比一直处于这样的状态，情绪十分低落。我还是没有跟她提到本。我们回到菲比家，看见她父亲正开车进入车道。普鲁登丝从屋里冲出来，喊道："她打电话了，她打电话了，她打电话了！"

"谁打电话了？"温特博特姆先生问。

普鲁登丝得意忘形地说："当然是妈咪啦。就在十分钟以前。她就要回家了。"

"真可怕。"菲比嘟哝道。

"你说什么，菲比？"她父亲问。

“没什么。”

“她明天就回来，”普鲁登丝说，“但是——”

“有什么不对劲吗？”她父亲问，“她还说什么了？”

普鲁登丝用手指卷起一绺头发。“她听起来有点紧张。她本想和你说话来着——”

“她留电话号码没有？我给她打回去——”

“没有，她没留号码。她要我告诉你，不要预先判断。”

“那是什么意思？”她父亲问，“不要预先判断什么？”

“我真的不知道。”普鲁登丝回答，“妈咪说：‘告诉你爸爸，不要做任何预先判断。我回来后我们得聊聊。’还有，噢！最最重要的是，她说，她还会带一个人来。”

“噢，那确实重要，”菲比说，“确实重要。”

“菲比——”她父亲问，“普鲁登丝——她说要带谁了吗？”

“我真的不知道。”

“普鲁登丝，你真的确定，她说的就是这些？她到底提到这个人没有？她没提到这个人的名字吗？”他有些按捺不住了。

“天哪，没有，”普鲁登丝说，“她没有提到人名。她只是说，她要带个男子一起回来。”

“男子？”

菲比看着我。“哎呀。”她说。她进了屋，砰地撞上房门。

我简直无法相信。她不打算把自己看见的事情告诉她爸爸吗？我可是迫不及待地想把这一切告诉我爸爸。但等我回到家时，我看见他和玛格丽特在前廊上坐着。

“噢,莎尔,”玛格丽特说,“我弟弟说,他是你们班的英文老师。这可真令人吃惊。”我爸爸并没有大惊小怪,看来一定已经听她说过了。“他是个很棒的老师。你喜欢他吗?”

“我想是的。”我不想讨论这个话题,只希望玛格丽特赶快消失。

等到她离开,我才对爸爸说了菲比母亲的事。爸爸只是说:“那么说,温特博特姆夫人要回家了。那不错呀。”然后他走到窗边,对着外面凝视了很久。我知道,他在想念我妈妈。

整个晚上,我满脑子都是菲比、普鲁登丝和温特博特姆先生。我想,等到第二天,当面貌一新、楚楚动人的温特博特姆夫人和那个疯子一起走进家门的时候,他们的整个世界可能就要土崩瓦解了。

40

回家

第二天早上，菲比打来电话，恳请我去她家。“我真受不了，”她说，“我需要一个证人。”

“为什么？”

“我就是需要一个证人。”

“你告诉你爸爸了吗？关于你妈妈和——”

“你在开玩笑吧？”菲比说，“你应该来看看他们。整个晚上和今天早上，他和普鲁登丝都在打扫房间。他们把地板和卫生间洗刷一新，着魔似的掸掉屋里的灰尘，还把衣服洗得干干净净、熨得平平整整，而且还动用了真空吸尘器。然后，他们还转来转去认真审视一番。我爸爸说，‘也许看上去太好了，那样你妈妈会认为，我们离了她也能过下去。’于是他们又把东西弄得稍微凌乱了一些。看我袖手旁观，我爸还窝了一肚子气呢。”

我很想找一个合适的理由，告诉菲比我不能去她家。不管发生什么事情，我都不想去做证人。但到了最后，我又为头一天在大学校园临阵脱逃而深感内疚，只好答应了。我到她家时，菲比、温特博特姆先生和普鲁登丝都坐在那儿，面面相觑。

“她没有说几点能到家吗？”温特博特姆先生问道。

普鲁登丝回答：“不，她没有说。你别这样行吗？好像她没有多说一些话全是我的错。”

温特博特姆先生坐立不安。他跳起来，把一个靠垫摆放好；刚坐下来，又起身把它弄乱。他出门走到院子里，来回转圈。此外，他还换了两次衬衣。

“我在这儿，但愿您不介意。”我说。

“我怎么会介意呢？”温特博特姆先生说。

我想，他们全都会疯掉的。就在此时，一辆出租车在门外停了下来。“我可不能看。”温特博特姆先生边说边逃进了厨房。

“我也不能看。”菲比也跟着她父亲去了厨房，我只好跟着菲比。

“行了，我的天。”普鲁登丝叫道，“我真不知道大家都怎么了。难道你们见到她不激动吗？”

在厨房里，我们听见普鲁登丝打开了家门。温特博特姆夫人的声音传来：“噢，甜心——”温特博特姆先生拿了张抹布擦拭厨房的台面。我们听见普鲁登丝长出一口气，然后她母亲说，“过来，见见麦克。”

“麦克？”温特博特姆先生满脸通红地说。幸好屋里没有斧头，要不然他一定会抄起来冲着麦克直扔过去。

菲比说：“现在，爸爸，你可不能一时冲动——”

“麦克？”他又念了一遍这个名字。

温特博特姆夫人喊道：“乔治？菲比？”我们听见她

问普鲁登丝："他们在哪儿？你没有告诉他们我们要回来吗？"

温特博特姆先生深吸一口气，说："菲比，我觉得你和莎尔最好回避一下。"

"你在开玩笑吧？"菲比问道。

他又深吸了一口气。"好吧，"他说，"好吧，我们出去吧。"他昂首挺胸地走到客厅，我和菲比跟在后面。

说真的，我感觉菲比差点就要晕死在地毯上。原因有两个：首先，温特博特姆夫人看上去今非昔比。她不仅剪短了头发，发型还很时髦；她涂了口红，用了睫毛膏，抹了腮红。她的穿着打扮也是我从未见过的：她身着白T恤、牛仔裤，耳垂下面戴了一对银箍耳环。她看上去很华丽，但却不像是菲比的母亲。

我认为菲比会晕死的第二个原因是：麦克·比克尔——菲比眼里的疯子，此刻就站在菲比家的客厅里。想象他会来，是一回事；亲眼看见他站在那里，又是另一回事。

我不知道该如何判断。有一瞬间，我在想，或许麦克真的绑架了温特博特姆夫人，这次带她回来，是为了敲诈一笔赎金；要是不能如愿，他会把我们其他人统统杀掉。但我又一直在回想头一天看见他们在一起的场景；而且，作为人质，她不可能打扮得如此漂亮。温特博特姆夫人看上去有点恐惧，但这恐惧不是来自麦克，而是来自她的丈夫。

"爸爸，"菲比小声说，"这就是那个疯子。"

"噢，菲比。"她母亲说。她用手指捏她的圆脸。她妈妈做出这个习惯性的动作时，菲比的表情让人觉得她的心已破裂成无数碎片。

温特博特姆夫人拥抱了菲比，但菲比没有回抱她。

温特博特姆先生说："诺玛，我希望你能解释一下，这究竟是怎么回事。"他努力使自己的声音听上去坚定一些，但还是带着颤音。

普鲁登丝站在那里，目不转睛地看着麦克。她似乎发现他长得很英俊，朝他暗送秋波，还把颈部的头发拨开，想让它显得更蓬松一点。

温特博特姆夫人走到她丈夫身边，想拥抱他，但他抽身闪开了。"我想，我们应该有一个说法。"他说。他的眼光看向麦克。

我也很想知道。我真的很困惑。她爱上麦克了吗？倘若是真的，那他也实在太过年轻了。他看上去并不比普鲁登丝大。

温特博特姆夫人坐到沙发上，哭了起来。这一刻真是糟糕透顶。一开始，我们很难理解她到底在说什么。她谈到做人应该"体面"，担心温特博特姆先生永远不会原谅她，但做一个体面的人已让她很厌倦。她说，这些年来她一直非常努力，想要显得完美，但她不得不承认，自己很不完美。她说，有一件事她一直没有告诉她丈夫，因为她害怕他永远不会原谅自己。

温特博特姆先生的双手在颤抖。他一言不发。温特博特姆夫人示意麦克坐到她身边来。温特博特姆先生清了几次嗓子，但还是欲言又止。

温特博特姆夫人说："这是我儿子。"

我想，温特博特姆先生、普鲁登丝、菲比和我一定是异口同声地问道："你儿子？"

温特博特姆夫人看着她的丈夫。"乔治，"她说，"我知道，你会觉得我不是——或者曾经不是——一个体面的人，但这都是我认识你之前的事。我不得不把他托给别人收养，想起来真让人伤心——"

温特博特姆先生说："体面？体面？去他的体面！"温特博特姆先生通常是不会咒骂谁的。

温特博特姆夫人站起身。"麦克找到了我，一开始我被吓坏了，因为我知道这意味着什么。我一直过着这么卑微的日子——"

菲比握住了她父亲的手。

"——所以，为了理清头绪，我不得不离家出走。我还没见过麦克的养父母，但麦克和我已经谈了很多，我一直在想——"

麦克坐在那里，双眼朝下看着自己的脚。

"你要离开吗？"温特博特姆先生问妻子。

温特博特姆夫人看上去就像挨了丈夫一个耳光。"离开？"她问道。

"我是说，再次离开。"温特博特姆先生说。

"除非你想让我走，"她说，"除非你不能和我这么不体面的人一起生活——"

"我说过了，去他的体面！"温特博特姆先生说，"这些和体面有什么关系？我也不在乎什么体面不体面。我更在乎你不能——或不愿意——告诉我这些事。”

麦克站起身。“我就知道,都是徒劳。”他说。

温特博特姆先生说:“麦克,我对你没有一丝反感——我只是还不了解你。”他转向他的妻子,“我认为,我也不了解你。”

我真希望自己能隐身。我看向窗外,树叶正飘落到地面。我十分难过,可以说悲伤彻骨。我感到悲伤,为菲比和她的父母,为普鲁登丝和麦克,为那些正在失去生命的落叶,也为我自己,为我已失去的一切。

我看见帕特里奇太太站在门外,就在菲比家门前的便道上。

温特博特姆先生说:“我想,我们大家都需要坐下来聊一聊,也许我们能够解决这些问题。”随后,他的所作所为在我看来简直可以称得上高贵。他走向麦克,握住他的手说:“我总是在想,对这个家庭来说,多个儿子就好比锦上添花。”

温特博特姆夫人看上去如释重负。普鲁登丝对着麦克微笑。菲比静静地站在一旁。

“我该走了。”我说。

每个人都扭头看我,仿佛我刚刚从天而降。温特博特姆先生说:“莎尔,噢,我很抱歉。真的。”他对麦克说:“莎尔就像是我们家的一个成员。”

温特博特姆夫人走向菲比。“你很生我的气,对吗,菲比?”

“是的,”菲比回答,“那当然。”菲比拉着我的袖子走到门边，转身对里面的人说："回头等你们定了家里的人数，告诉我一声。"

菲比拉着我，出门来到前廊，看见帕特里奇太太正把一个白色的信封放到台阶上。

41

礼物

菲比的故事讲到这里时，爷爷像是为了配合结局的到来，不失时机地喊道："爱的火！"我们刚才已穿过蒙大拿州边界，进入了爱达荷州，汽车行驶在崇山峻岭之间。第一次，我相信我们能在第二天，也就是八月二十日妈妈生日这天，如期抵达路易斯顿市。

爷爷建议我们继续赶路，再开一个小时，到科达伦市过夜。从那儿往南到路易斯顿市，大约一百英里，一个上午轻轻松松就能赶到。"你觉得这个提议怎么样，醋栗？"奶奶面无表情地坐在车里，头枕在座椅靠背上，双手交叠放在膝盖上方。"叫你呢，醋栗？"

奶奶开口说话时，胸口发出嘎嘎声。"噢，很好呀。"她回答道。

"醋栗，你感觉身体还行吗？"

"我有点累了。"她说。

"我们很快就能让你有张床。"爷爷扭头瞟了我一眼。从爷爷的眼神里，我能看出来，他心急如焚。

"奶奶，如果你现在就想停下来，那也没关系的。"

我说。

“噢，不用，”她说，“我今晚想住在科达伦。你妈妈从那儿寄过一张明信片给我们，上面是一片美丽的蓝湖。”她说完嘎嘎地咳嗽了好一阵子。

爷爷说：“那好吧，美丽的蓝湖，我们来啦！”

奶奶说：“培比的妈妈回家了，我真开心。但愿你妈妈也能回家。”

爷爷直点头，点了差不多五分钟。然后他递给我一张纸巾：“给我们讲讲帕特里奇太太吧。她为什么要把那个该死的信封放到菲比家的前廊？”

那也是我和菲比想知道的。当我们走出家门时，帕特里奇太太抬头歪着脑袋对着我们。

“您需要什么东西吗，帕特里奇太太？”我问道。

她把手放到嘴唇上。“嗯。”她说。

菲比一把夺过信封，撕开封口，大声念出一条格言：“不要急于评判他人，除非你已穿上他的鹿皮靴走过两个月亮。”

帕特里奇太太转身要走。“拜拜。”她说。

“帕特里奇太太，”菲比说，“这条格言我们已经收到过了。”

“你说什么？”帕特里奇太太说。

“都是您送来的，对吗？”菲比说，“您总是悄悄送来这些东西，对不对？”

“你们喜欢那些格言吗？”帕特里奇太太问。她站在便道中间，朝上歪着头面对我们，脸上带着一丝尴尬的表情，仿佛是一个顽皮的孩子。“玛格丽特每天把报纸上的这些话念给我听，每当听到好的格言，我都会让她抄下来。抱歉，我忘记那条关于麂皮靴的已经给过了。瞧我这脑子，记不住事喽。”

“可是，您为什么要把它们放到这儿？”菲比问道。

“我想，它们会带来大大的惊喜——就像好运甜饼[①]那样，只是我没有甜饼可以把它们包起来。不管怎样，你喜欢它们吗？”

菲比看了我好一会儿。然后她走下台阶，说：“帕特里奇太太，您是什么时候遇到我哥哥的？”

“你说过，你没有哥哥。”帕特里奇太太说。

“我知道，可您说您遇到过他，那是什么时候的事情啊？”

她拍拍脑袋。“脑袋瓜，回想一下吧。让我想想。有些日子了。一个礼拜，还是两个礼拜？我猜，他是走错了地方，才跑到我家里来的。他让我抚摸他的脸蛋。所以我才认定他是你哥哥。他的脸和你很像。听上去很古奇吧？”

菲比回头看看自己的家。她说：“要说古奇，没有什么能比得上最近接二连三发生的那些事情。”

帕特里奇太太沿着便道，步履蹒跚地摸索着回家去了。

菲比站在那儿四处张望。“莎尔，这世界真的很古奇啊。”她说。她穿过草坪，朝大街上吐了口唾沫。她说：“来

---

① 一种甜面点，里面藏有字条，上面通常写着预测运程的话，常见于国外中餐馆。

吧，你也试试。”我也朝街上吐了一口。“感觉怎么样？”菲比问。我们又吐了一次。

这听起来一定非常恶心。不过，实话实说，我们确实通过吐唾沫得到了很多快乐。这其中的原因，我怀疑自己永远也没法说清。但由于某种缘故，这好像是应该做的事情。当菲比转身走进家门的时候，我知道，这也是她应该做的事。

怀着吐唾沫带来的勇气，我去看了玛格丽特·卡达芙。经过一番长谈，我才知道她与我爸爸相遇的过程。和她谈话令我痛苦，我甚至失声大哭。但那以后，我明白了爸爸为什么喜欢和她在一起。

我回到自己家，看见本坐在门外的台阶上。见到他，我万分高兴。他说：“我给你带了点东西来，就在房子后面。”他领着我走到房屋的一侧。在那块小小的草地上面，一只小鸡正在趾高气扬地散步。

本说：“我给它起了个名字，不过，你要是愿意的话，还可以改。”我问他起的名字是什么，他向我靠过来，我也向他靠过去。这是我们的第二次亲吻，简直是精彩绝伦、完美无缺。本告诉我：“它的名字叫‘黑莓’。”

“噢，”奶奶问，“这是培比故事的结局了吧？”

“是的。”我回答。但我想，故事还没有完全结束，因为我还可以接着讲下去。我还可以讲，菲比如何适应新来的哥哥，以及她的“新”妈妈，诸如此类。就在我们翻山越岭的同时，故事还在继续。不过，那将是一个完全不同的故事了。

“噢，我喜欢这个关于培比的故事，幸好结局不太悲惨，我觉得有一天你应该把它写下来。”

接下来的一个小时，爷爷继续驾车驶向科达伦，奶奶闭目养神。我和爷爷听着奶奶那粗重的呼吸。她静静地躺在那儿，显得如此平静。“爷爷，”我小声说，“她脸色有点灰暗，对吗？”

“是的，你说得对，小亲亲，是的，你说得对。”他猛踩油门，我们飞也似的驶向科达伦。

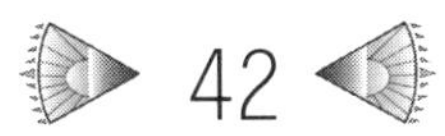

42

观景台

到了科达伦，我们直奔医院。途经蓝湖的时候，爷爷试着唤醒奶奶。“醋栗？”爷爷叫道。她已倒向座椅的一侧。“醋栗？”

医生说奶奶中风了。奶奶接受化验的时候，爷爷坚持陪着她。一位实习医生想阻止他。“她没有意识，”实习医生说，“你在不在这儿，她都感觉不到。”

“小家伙，我陪伴在她身边已经五十一年了，除了有三天她离开我去找那个鸡蛋贩子以外，我们一直在一起。我紧握着她的手，看见没有？我决不会松手，除非你把我的手剁下来。”

他们只好让他陪着奶奶。我在门厅等候时，一个男子牵了一只老猎兔犬走了进来。接待员告诉他，猎狗不得入内。“你是说让她自己待在外面？”男子问。

我说：“我会看着她。我以前有过一条狗，和她一模一样。”我牵着老猎兔犬来到外面。我坐在草地上，猎兔犬把脑袋枕在我膝上，不断地发出那种狗特有的喉音。爷爷把这叫作“咕噜”。

我开始寻思，奶奶被蛇咬伤和中风是不是有什么关系。然后我又想，爷爷是否会有负罪感，因为是他把车驶离公路停到了河边。假如我们没有去那条河，奶奶就不会遭蛇咬。接下来，我开始想到妈妈那个生下来就没有生命的婴儿。假如我没有去爬树，妈妈没有一路背我回家，也许婴儿就能活下来，妈妈就永远不会离开，日子还会一如既往地过下去。

思考这些事情的时候，我突然如有所悟：人不能像当初菲比和她母亲那样，总是想待在门窗紧锁的屋子里。人总得出门做事，体验外面的世界。我第一次想到，爷爷奶奶带我旅行，是不是也出于这样的考虑？

趴在我膝上的猎兔犬就像我家那只“忧郁的蓝”。我轻抚她的头，一边为奶奶祈祷。它让我想起“忧郁的蓝”第一次生小狗的情景。

第一个星期，“忧郁的蓝”不会让任何人靠近那些小狗。她把幼崽舔得干干净净，用嘴和鼻子爱抚它们。小狗的眼睛还闭着，它们尖叫着，用前爪摸索着爬向她，跌跌撞撞乱成一团。她则搂搂这个，拱拱那个，让它们贴近她的腹部，哺育它们。

渐渐地，“忧郁的蓝”允许我们碰那些小狗了。但她仍然一直看着我们，眼神警觉而犀利。我们要是想把小狗带离她的视线，她就会低吼起来。几个星期之后，小狗们开始从她身边摇摇晃晃地走开，“忧郁的蓝”整天忙着把它们找回来。小狗长到六个星期大的时候，她开始不理睬它们了。她会咬它们，把它们推开。我告诉妈妈，“忧郁的蓝”很可怕，

"她讨厌自己的孩子"。

"这并不可怕,"我妈妈说,"这很正常。她这样做,是为了帮助小狗断奶。"

"她非得这样吗?她为什么不能让小狗待在她身边?"

"那样对她和小狗都没有好处。我想,它们必须变得独立。要不然,万一'忧郁的蓝'出点什么状况,它们都不知道离了妈妈该怎样生活。"

当我在医院外面为奶奶祈祷的时候,我想,妈妈离开我踏上爱达荷之旅,她的行为是不是和"忧郁的蓝"如出一辙呢?也许她的离开一部分是为了她自己,一部分是为了我。

等猎兔犬的主人出来后,我走进医院。过了午夜,一个护士告诉我可以去看奶奶了。她一动不动地躺在病床上,脸色灰暗,一边嘴角流出了一小滴口水。爷爷弯着腰,低声地对她说着话。护士说:"我想她听不到你说话。"

"她当然听得见,"爷爷说,"她永远听得见我说话。"

奶奶双目紧闭。一根根线附着在她的胸口,另一端则接到显示器上。一根导管被胶布固定在她的一只手上。爷爷说:"小亲亲,我们得在这儿待一阵了。"他把手伸进衣服口袋,掏出了汽车钥匙。"拿着,也许你需要从车里取点什么。"他还递给我一把皱皱巴巴揉成一团的钞票。"也许你用得着。"

"我不想离开奶奶。"我说。

"见鬼,"他说,"她可不喜欢你在这家破旧的医院里傻坐着。你要是想对她说什么,你就对着她的耳朵小声说,说完你就去做你必须做的事。爷爷奶奶就待在这儿,哪儿也不会去的。”他朝我使眼色。“你记住，要当心，小亲亲。”

我俯下身，贴近奶奶的耳朵，轻声说了几句，然后就离开了。坐进车里，我先查看了地图，然后斜靠在座椅上，闭上双眼。对我即将采取的行动，爷爷心知肚明。

手里的钥匙冷冰冰的。我又研究了一遍地图。从科达伦到路易斯顿，是一条九曲十八弯的山路。我打着了火，倒车，在停车场转了几圈，停下来，熄了火。我清点了口袋里的钱，又看了看地图。

在整个一生中，有些事至关重要。

刚把车倒出停车场时，我心里充满恐惧。等上了公路，我感觉踏实一些了。我开得很慢，我知道如何驾驶。沿途树木很多，每经过一棵树，我都在祈祷。

道路很狭窄，弯道又很多，但没什么车辆。我开了四个小时，走了几百英里，从科达伦到了路易斯顿的山顶。对我而言，它不是一座小山，倒称得上是崇山峻岭。我把车开进山顶的观景台。山下深深的峡谷里就坐落着路易斯顿市，蛇河蜿蜒穿越其间。在我和路易斯顿市之间，是一条险象环生的盘山公路，到处是来回扭曲的急弯。

我凭栏远眺，搜寻着那辆大客车。我知道它至今还在山麓一侧的某个地方，但我没发现。“我能做到。”我一遍又一遍地对自己说，“我能做到。”

我又开车上了路。在第一个弯道，我的心开始咚咚直跳，手心里全是汗水，方向盘又湿又滑。道路常常冷不丁就来一个一百八十度的急弯，而且异常陡峭，即使我右脚紧踩刹车，车速还是比我所想的快。每当我驶出弯道，就会来到外侧车道,离悬崖边缘不过咫尺之遥。路边偶尔出现细绳相连的矮桩,标示出道路边界;矮桩外面就是垂直向下的绝壁。

盘山路千回百转,宛如蛇形。我沿着相对安全的内侧车道开了半英里,然后来到一个可恶的弯道,接下来又沿着外侧车道开了半英里。山坡就像一座滑梯不断向下延伸。我就这样交替着前行:安全地开上半英里,来到急弯,再贴着悬崖边缘开上半英里。

下山途中,我来到了另一个观景台。其实就是在路边隔出了一条狭窄的额外车道。我想,这个观景台与其说是用来观景,倒不如说是用来让开车的人们稍做停留,养足精神。我真想知道,有多少人弃车于此,徒步下山。当我站在那里看路的外面时,另一辆车也开进了观景台。一个抽烟的男子下车走到我身边。"其他人呢?"他问。

"什么其他人?"

"和你一起来的人,开车的人。"

"噢,"我支吾地说,"就在不远的地方……"

"解手去了,是吗?"他问。我知道了,他问的是和我一起来的人。"夜里开车跑这样的山路,实在太难了,对吗?但这就是我每天晚上都要做的事情。我在普尔曼上班,我家就在那儿……"他指着路易斯顿市的灯光和黑色的河流。"你以前来过这儿吗?"

"没有。"

"你看见那儿没有?"他指向山下某处。

我的目光穿过黑暗,看见了断裂的树梢下还有一条崎岖小径穿过灌木丛。就在小径的尽头,我看见,有个什么物体在月光下闪耀着金属般的光芒。那就是我要追寻的东西。

“一辆大客车就从这儿掉下去了——就在一年或者一年多以前,”他说,“客车从那儿开始打滑,冲出了最后一个弯道,滑到观景台这儿,最后冲过栏杆,一直滚落到树丛那儿。真是一件悲惨的事。那天晚上我回家路过这里,营救人员正在灌木丛中开辟通向客车的道路。只有一个人大难不死,你知道吗?”

我知道。

43

大客车和柳树

这位男子开车离开了。我从栏杆底下爬过去,向着大客车的方向进发。东方已露出了鱼肚白,我庆幸黎明即将来临。小径被开辟出来,距今已有一年半,灌木又重新封住了路的上方。带着晨露的散乱枝条抽打着擦伤了我的双腿,还遮盖了崎岖的地面。我有好几次被绊倒了,朝着山下跌落翻滚。

大客车侧身躺着,就像一匹生病的老马。破碎的前灯像两只眼睛,悲哀地看着周围的树木。巨大的橡胶轮胎几乎变得千疮百孔,在车轴上扭曲成奇怪的形状。我爬上客车朝上的侧面,希望能从没有玻璃的窗户爬进车体。但我随即发现,客车侧面有两个又深又长的切口,锯齿状的铁皮像沙丁鱼罐头那样翻出来。透过司机后面那方破碎的窗口,我看见一堆乱七八糟地扭曲在一起的座椅,还有大块的海绵乳胶。这些东西上面都长满了一层毛茸茸的绿色霉斑。

我曾设想,我能从窗户翻进客车里面,沿着过道走动。可事实上里面根本没有空间,寸步难行。我还想,我要搜遍客车的每一个角落，看能不能找到一星半点熟悉的东西。我顺着车的顶棚下到地面，绕着它转了几圈。车侧面的地上有一只男式皮靴，我从鞋帮的裂口往里窥视——谢天谢地，里面没有脚。

这时，灰白的天空中带着粉色，让我更容易看清山上的小径。山坡非常陡峭，上山更加艰难。等到爬上山顶，我已变成了泥人，从头到脚都有划伤。我钻过栏杆才发现，就在爷爷那辆红色雪佛兰旁边，还停了一辆小车。

车里是治安官。看见我的时候，他正对着无线电设备喊话。他示意他的副手下车。副手说："我们正打算跟在你后面下山呢。我们看见你爬到大巴顶上。你这孩子怎么这么不懂事？再说，你大清早跑到下面去干什么？"

还没等我回答，治安官也下了车。他把灰色帽子戴到头上，拨弄了一下腰上的手枪皮套。"其他人呢？"他问道。

"没有别人了。"我答。

"谁带你上这儿来的？"

"我自己。"

"这是谁的车？"

"我爷爷的。"

"那他在哪儿？"治安官环视左右，似乎爷爷就藏在灌木丛里。

"他在科达伦。"

治安官说："你再说一遍？"

于是我讲了奶奶的状况，讲了爷爷为什么必须守护着她，以及我如何小心翼翼地从科达伦开车来到这里。

治安官说："现在，我们开门见山吧。"他把我说的每句话复述了一遍，末了加上一句："你是说，你从科达伦开车来到山上的这个地点，全都是你独自一人？"

"我真的特别小心，"我说，"我爷爷教我怎样开车，还教我开车要特别小心。"

治安官看看他的副手，说："我有点害怕询问这位年轻女士的确切年龄。你为什么不问问她？"

副手问我："你的年龄是？"我报了年龄。

治安官异常严厉地瞪了我一眼，说："我想，你不会介意告诉我，到底有什么十万火急的事，让你不能等到某个持有合法驾照的人，带你来到路易斯顿这座美好的城市？"

于是我把事情的原委一五一十地说了一遍。等我说完，他回到车里，通过无线电设备喊话。然后，他让我坐进他的车，让他的副手开爷爷的车跟在后面。我想，治安官很可能将我投入监狱。想到监狱，我并不是很担心。让我心有余悸的是，我差一点就没能完成一直想做的事。此外，还有一件令我不安的事：我亟须回到奶奶身边。

可是，他并没有把我投进监狱。他开车穿过通往路易斯顿的桥梁，穿过城区，来到一座山上，驶进朗沃德园区，把车停在门岗处，走了进去。副手开着爷爷的车跟在身后。看门人出来，指了指右边。治安官又回到车里，朝那个方向开去。

那是一个风景优美的地方。蛇河在背后形成一道弧线，草地上到处都是高大的阔叶树。治安官停好车，带我走过一条通往河边的小路。在那儿，在一座俯瞰蛇河及其河谷的小山上，是妈妈的坟茔。

墓碑上，在她的姓名、生卒日期下面，铭刻了一棵枫树。直到此时，当我看见这块墓碑和妈妈的姓名——善哈森·苏格·皮克福特·希德——还有那棵刻在碑上的枫树，我依靠自己——也为了自己——终于明白妈妈再也不会回来了。我问能不能在那里坐一会儿，因为我想记住那个地方，记住这些野草和树木，记住这些气味和声音。

在这静谧的早晨，伴随着河水汩汩的声音，我听见一只鸟儿在啼鸣。那是鸟儿之歌，一曲真正的、甜美的鸟儿之歌。我到处张望，看到上方有一株向河面倾斜的柳树，鸟儿之歌正是从柳树梢头传来的。我不想走得太近去看，因为我希望，是柳树自己在歌唱。

我走过去亲吻了那株柳树。“生日快乐。”我说。

回到治安官的车里，我说：“其实她没有消失，她正在树林里歌唱。”

“你说了算，莎拉曼卡·希德小姐。”

“现在，你可以送我进监狱了。”

44

我们的醋栗

我并未身陷牢狱。治安官开车带我赶到科达伦,他的副手仍然开着爷爷的车在后面跟着。关于无照驾驶,治安官给我上了漫长而严肃的一课,并让我保证,在年满十六周岁之前不再开车。

“在爷爷的农场也不行吗?”我问。

他的目光直盯着前面的道路。“我想,在自己家的农场,人们可以为所欲为。”他说,“只要他们有足够的场地来操作,只要不危及他人或动物的生命安全。但是,我并不是说,你应该这样做。我不会给你什么许可的。”

我请他告诉我一些大巴车祸的情况。我问他事发当晚是否去了现场,是否看见有人从大巴里被救出来。

他说:“你不需要知道所有的事情。一个人不应该非得去想那些事情。”

“你看见我妈妈了吗?”

“我看见很多人,莎拉曼卡,我可能看见了你妈妈,也可能没看见,我不知道。我记得你爸爸来过这个地方,这我记得很清楚。但当时我没和他在一起——当时我不在那儿——”

“你看见卡达芙夫人了吗？”我问。

“你怎么知道卡达芙夫人的？”他说，“我当然看见了卡达芙夫人。每个人都看见了她。大巴出事九个小时后，所有的担架都被抬上了山，大家都已经绝望了。这时，她的一只手出现在客车的窗口，每个人都大喊起来，因为那只手还在动。”他看了我一眼，“真希望那是你妈妈的手。”

“卡达芙夫人当时就坐在我妈妈旁边。”

“噢。”

“她们上车时还互不相识，可是过了六天，等下车时，她们已经成了朋友。我妈妈告诉卡达芙夫人关于我和我爸爸，还有河岸镇农场的所有故事，给她讲那些田地、黑莓、‘忧郁的蓝’、小鸡和会唱歌的树。我想，既然她给卡达芙夫人讲了这所有的事情，那她一路上肯定很想我们，你说对吗？”

“我对此深信不疑。”治安官说，“对了，你怎么知道的？”

于是我告诉他，就在菲比的妈妈回家那天，卡达芙夫人给我讲述了这一切。卡达芙夫人告诉我，爸爸在安葬了妈妈之后，来到路易斯顿的医院看望卡达芙夫人——她是这场车祸的唯一幸存者。当他获悉卡达芙夫人一路上与我母亲相邻而坐，他们就开始谈论起她来，一共谈了六个小时。

卡达芙夫人告诉我，她和我爸爸开始互相通信。我爸爸说，他需要离开河岸镇一段时间。我问卡达芙夫人，我爸爸为什么不告诉我他们是怎么相识的。她说，他是想告诉我，但我不想听，而且他也不想让我难过。他认为，我会不喜欢卡达芙夫人，因为她得以死里逃生，而妈妈却没能如此幸运。

“你爱他吗？”我问过卡达芙夫人，“你打算和他结婚吗？”

“天哪！”她说，“谈这个还有点早。他和我来往，是因为我和你妈妈一路相伴；因为在她生命最后的时刻，是我紧握着她的手。你爸爸也还没准备好去爱任何人。你妈妈是独一无二的。”

这是实情。我妈妈的确举世无双。

尽管卡达芙夫人把这一切都告诉了我，让我知道她在我妈妈最后的时刻与她相伴的情形，但我仍然不相信妈妈真的已经去世。我仍然认为，可能有什么地方弄错了。我不知道，我期望到路易斯顿去找寻什么。也许我仍然在期待，我会看见她走过田间地头，我会呼唤她，她会说：“噢，莎拉曼卡，我的左胳膊。”“噢，莎拉曼卡，带我回家。”

到科达伦还有五十英里的时候，我睡着了。醒来时，我发现自己还坐在治安官的车里，车已停在医院入口。治安官正从医院走出来。他先递给我一个信封，随后上车坐到我旁边的座椅上。

信封里是爷爷留的一张便条，上面写着他入住的汽车旅馆的名字。下面写着：“我很难过，我们的醋栗已于今天凌晨三点去世。”

爷爷正坐在汽车旅馆的床沿上打电话。我和治安官出现在门口时，他放下电话，紧紧拥抱我。治安官告诉爷爷，他很难过；他认为此时此地，不应该给任何人上课，不应该教他不能让不到法定年龄的孙女半夜开车在山路上行驶。他把爷爷的汽车钥匙递给他，问他是否需要帮忙安排什么事情。

爷爷说，事情都已办得差不多了。奶奶的遗体正空运回河岸镇，到时爸爸会去接机。爷爷和我将在这里处理一些重要事务，次日一早就会离开科达伦。

治安官和他的副手离开后，我注意到爷爷奶奶那开着盖的箱子。里面是奶奶的东西，和爷爷的衣物混在一起。我拾起她用的婴儿爽身粉闻了片刻。桌上放着一封皱巴巴的信。发现我看着这封信时，爷爷说："我昨晚给她写了封信，是一封情书。"

爷爷躺在床上，两眼望着天花板。"小亲亲，"他说，"我想念我的醋栗。"他用一只手臂遮住眼睛，另一只手拍着身边空空的地方。"这不是……"他说，"这不是——"

"没关系。"我说。我坐到床的另一边，握住爷爷的手。"这不是你们的婚床。"

大约过了五分钟，爷爷清清嗓子，说："但它一定能行。"

45

归去来兮，河岸镇

现在，我们已经回到了河岸镇。我和爸爸又住回了原来的农场，爷爷也和我们一起生活。奶奶被安葬在山杨果园，那是她和爷爷结婚的地方。我们日夜思念着我们的醋栗。

最近，我一直在想，壁炉后面可能还藏了什么东西，正如壁炉隐藏在灰泥墙后面、妈妈的故事也隐藏在菲比的故事后面一样。我想，在菲比和我妈妈的故事后面，还有第三个故事，主角就是爷爷奶奶。

奶奶入土的次日，她的朋友格罗瑞娅——就是奶奶认为特别像菲比、并对爷爷仰慕已久的女士——来看望爷爷。坐在我们的前廊上，爷爷给她讲奶奶的故事，一开口就说了四个小时。格罗瑞娅来到厨房，问我们有没有阿司匹林，因为她头痛欲裂。从那以后，我们再没有见过她。

我写了封信寄给汤姆·弗利特。在奶奶被水蛇咬伤时，他曾施以援手。我告诉他，奶奶终于回到了河岸镇，只可惜是躺在寿木里。我向他描述了奶奶安息的山杨果园，给他讲不远处的河流。他回了信，说他为奶奶深感难过，有一天他会来看看山杨果园。然后他说："你的河岸镇是私人地产吗？"

在那辆载货卡车上，爷爷给我上了更多的驾驶课。我们在爷爷的老农场上练习，农场的新主人让我们开车在土路上哐啷哐啷地四处奔跑。和我们一起坐在卡车上的，还有爷爷新到手的小猎兔犬，他叫它"万岁万岁"。我开着车，爷爷抚摸着小狗，吸着烟斗，我们一起玩鹿皮靴游戏。这款游戏是我们从爱达荷州回来的途中发明的。我们轮流假装我们正在穿着别人的鹿皮靴赶路。

"假如我穿着培比的鹿皮靴，我会珍惜那个天上掉下来的新哥哥。"

"假如我这会儿穿的是奶奶的鹿皮靴，我会想把双脚浸在那边的河水里凉快凉快。"

"假如我穿着本的鹿皮靴，我会思念莎拉曼卡·希德。"

如此这般，我们乐此不疲。我们穿上每个人的鹿皮靴"走路"，通过这种方式发现了一些有趣的事情。有一天，我意识到，我们的整个爱达荷之旅，其实是爷爷奶奶送我的一份礼物。他们给我一个机会，让我穿上妈妈的鹿皮靴走一趟——去看看她领略过的景物，体会她在最后的旅程中可能会有的感受。

有一天下午，我们谈到普罗米修斯从太阳那里窃取火种散布到人间，谈到潘多拉打开封禁的、装满世间各种邪恶的盒子。爷爷说，之所以会有那些神话，是因为人们需要一个方法去解释火种及邪恶的来源。这让我又想起菲比和那个"疯子"。我说："如果穿上菲比的鹿皮靴，我也会相信，母亲失踪这件事，应该怪罪疯子和手持斧头的卡达芙夫人。”

我想，菲比和她的家人使我受益良多。他们帮助我去看待和理解我自己的母亲，菲比的臆想也和我那些缘木求鱼的幻想如出一辙：在某段时间里，我也需要相信妈妈仍然活着，有朝一日还会归来。

有时候，我仍然会缘木求鱼。

在我看来，我们不能解释世上所有真正可怕的事情，如战争、谋杀、脑瘤，我们无法控制它们，所以，我们看见那些令人惊恐的事情近在咫尺，就会夸大它们；最后，我们的恐惧会突然爆发。事实上，那些大都是我们能够应对的事，并不像最初看上去那样可怕。世界上尽管会有斧头谋杀和绑架，但大多数人与我们更为相似：有时胆怯，有时勇敢，有时残忍，有时善良。发现这一点，令我深感释然。

我认定，勇敢就是尽可能睁大眼睛去看潘多拉的盒子，然后转向另一个盒子，那里面有温柔而美丽的事物：妈妈亲吻树木，奶奶呼喊“万岁，万岁”，还有爷爷和他的婚床。

妈妈旅途中寄来的明信片和她的头发还珍藏在我房间的地板下面。回到老家，我又重温了所有明信片。爷爷奶奶和我走遍了妈妈去过的每一个地方——黑山、拉什莫尔山、荒原。对我来说，有一张明信片我至今仍然不忍去看，那是妈妈从科达伦寄回的，她遇难之后两天我才收到。

当我开着卡车载着爷爷到处跑的时候，我也会把妈妈告诉我的所有故事讲给爷爷听。他最喜欢的是纳瓦霍族关于埃森纳特里赫女神的传说。这位女神长生不死，从婴儿成为人母，再变成老妪，然后又化作婴儿，周而复始，生生不息直至千万世。我和爷爷都喜欢这个故事。

我仍然会去爬那株糖枫树，并再次听到了会唱歌的树在吟咏。糖枫树是我的沉思之地。昨天，在树上，我意识到，有三件事情让我嫉妒。

第一件说起来有点傻气：本曾在日记里提到一位不知名的女孩，可惜不是我。

第二件令我嫉妒的，是妈妈曾经想要更多的孩子。拥有我还不够吗？当然，如果我穿上她的麂皮靴，我也会说："假如我是妈妈，我也会想要更多的孩子——不是因为我不爱我的莎拉曼卡，而是因为我如此爱她，才使我想拥有更多。"也许这也是缘木求鱼，也许不是，但这正是我愿意相信的。

最后一桩并不傻气，至今也无法让我释怀。我嫉妒的是：菲比的母亲回家了，而我却永失所爱。

我想念母亲。

本和菲比一直在给我写信。十月中旬，本寄给我一张情人卡，上面写着：

玫瑰鲜艳如火，
泥土却是褐色。
请你做我情侣，
否则我将蹙额。

后面还有附言：我以前从来没有写过诗。

回寄了一张情人卡，上面写道：

干燥的是沙漠，
湿润的是雨水。
你对我的情意，
不会有来无回。

附言是：我也从来没有写过诗。

等到下个月，本、菲比、卡达芙夫人和帕特里奇太太会一起来看望我们。伯克威老师本来也有望同行，但菲比不希望他一起来。她认为，要和一位老师在小车里待那么久，实在不堪忍受。为了迎接他们，我和爸爸把家里打扫得干干净净。我急于向菲比和本展示游泳池、田地、干草棚、树木和鸡群。我还会带本去看“黑莓”——就是当初他送我的小鸡，如今已出落成了鸡舍的女王。我也希望，我和本之间，还能有一些黑莓之吻。

不过，就目前而言，爷爷拥有他的猎兔犬，我拥有一只鸡和一棵会唱歌的树。情况就是这样。

万岁，万岁。

图书在版编目（CIP）数据

印第安人的鹿皮靴 /（ 美 ）沙伦 • 克里奇著 ; 吕良忠译 .
-- 南昌 : 二十一世纪出版社集团 , 2016. 10（2023. 2 重印）
（麦克米伦世纪大奖小说典藏本）
ISBN 978-7-5568-2260-7

Ⅰ . ①印… Ⅱ . ①沙… ②吕… Ⅲ . ①儿童小说—长篇小说—美国—现代 Ⅳ . ① I712.84

中国版本图书馆CIP数据核字（2016）第221208 号

Walk Two Moons
First Published 1994 by Macmillan Children's Books
Walk Two Moons by Sharon Creech

版权合同登记号　14-2012-234

印第安人的鹿皮靴

YINDIANREN DE JIPIXUE

［美］莎伦 · 克里奇 著　吕良忠 译

出 版 人　刘凯军　**责任编辑**　费　广
特约编辑　李佳星　**美术编辑**　费　广

出版发行　二十一世纪出版社集团（江西省南昌市子安路 75 号　330025）
网　　址　www.21cccc.com
经　　销　全国各地书店
印　　刷　河北鹏润印刷有限公司
版　　次　2016 年 10 月第 1 版
印　　次　2023 年 2 月第 3 次印刷
开　　本　880 mm × 1230 mm 1/32
印　　张　8
字　　数　160 千字
书　　号　ISBN 978-7-5568-2260-7
定　　价　32.00 元

赣版权登字 -04-2016-633

购买本社图书，如有问题请联系我们：扫描封底二维码进入官方服务号。服务电话：010-64462163（工作时间可拨打）；服务邮箱：21sjcbs@21cccc.com。